첫 유저 메이드 골렘 '한주먹'

토목건축용으로 만들어졌으나
공성전 전용 골렘이 되고 말았다.

'한주먹' 프로토 타입

'한주먹' 양산형 타입

권경륵 게임 판타지 소설

기갑
전기 매서커

GAME FANTASY STORY

기갑전기 매서커 6

권경목 게임 판타지 소설

초판 1쇄 찍은 날 § 2009년 2월 4일
초판 1쇄 펴낸 날 § 2009년 2월 11일

지은이 § 권경목
펴낸이 § 서경석

편집장 § 문혜영
편집책임 § 문정흠
편집 § 이재권

펴낸곳 § 도서출판 청어람
등록번호 § 제1081-1-89호
등록일자 § 1999. 5. 31
어람번호 § 제1-1027호

주소 § 경기도 부천시 원미구 심곡2동 163-2 서경B/D 3F (우) 420-822
전화 § 032-656-4452 팩스 § 032-656-4453
http://www.chungeoram.com
E-mail § eoram99@chollian.net

ISBN 978-89-251-1675-4 04810
ISBN 978-89-251-1285-5 (세트)

권경목 게임 판타지 소설

기갑전기 매서커

GAME FANTASY STORY

⑥

바람의 축제 편

Contents

Act 00. 벌집   7

Act 01. 엉덩이 가벼운 남자   39

Act 02. 점등식   63

Act 03. 도시 인공지능   85

Act 04. 바미   113

Act 05. 보루   143

Act 06. 갈색 군단   167

Act 07. 독립? 축출?!   203

Act 08. 사교계 풍운   231

Act 09. 이클립스   255

Act 10. 우리들만의 파티   287

Act 00
벌집

機甲戰記
Massacre
기갑전기 매서커

　나와 두 형제는 옥상 위에서 건물로 들어서는 아르바이트의 무리를 지켜보는 중이다.

　웅성웅성, 분주한 소리가 건물을 타고 올라와 썰렁했던 주차 빌딩엔 묘한 활력과 긴장감이 동시에 흘렀다.

　비 오기 직전의 분주한 개미집 입구를 들여다보는 감상이랄까. 아래에서 그려지는 모습에 큰곰이 꼬임 가득 담긴 어감으로 말했다.

　"일벌들의 출근 시간답군."

　"일벌?"

　개미가 아니고 일벌들이라…….

새로운 이웃들은 사무실 인테리어가 끝마치자마자 단 하루 만에 이전을 완료했다. 이전 과정 자체가 거점 확보를 수행하는 군사작전을 보는 것 같았다.

차차착— 착, 그야말로 전광석화!

한 개 층에 무려 오백여 개의 다중 단말기가 설치되었다. 삼 개 층을 그런 식으로 꾸렸으니 그 규모도 규모지만 속도와 동원된 조직력에 놀랄 수밖에 없었다.

"벌통이 별건가."

"벌통?"

"이 건물의 하루 최소 상주 인원이 천 명은 되는 셈이지, 삼교대로 작업장을 돌린다 치면 하루에 3천 명의 인원이 오가는 것이니… 양봉장 꿀벌 통 입구 같은 모양새가 하루 온종일 일어나게 되는 거지."

"……."

지금의 웅성거림은 약과라는 뜻?! 과연 그래서 벌통일까?

큰곰이 조용히 말을 이었다.

"다중 단말기를 단위 면적에 최대치로 밀어 넣으려면 허니콤 구조로 다닥다닥 붙여서 배치하게 돼. 그런 육각형 작업칸이 수백 개나 붙어 있다고 그림을 그려봐."

"……!"

그렇게 벌집이 아주 자연스럽게 만들어지는 셈.

그곳에서 일하는 작업원들이 달리 일벌이라 불려지는 게

아니군.

순간 시사고발 프로에서 작업장의 열악한 근무 환경의 실태를 이야기한 것이 생각났다.

수백 대의 다중 단말기가 뿜어내는 열기, 수백 명의 플레이어가 가상 세계에 몰입하여 토해내는 거친 숨, 정전기로 뭉쳐진 솜먼지가 굴러다니는 바닥… 수세대 전 광산 노동자의 직업병이 현대의 고층 빌딩 숲에서 생겨나고 말았다.

그 모습이 자연스레 떠오르자 나는 입을 열어 말했다.

"…아래층으로 벌집이 층층이 들어찬 셈이군요."

"어제 본 방문자들의 면면을 보건대, 아마 더 늘어날지도……."

이 빌딩에 개조가 가능한 층이 아직 다섯 개 층이나 남아 있으니 충분히 가능성 있는 말이다.

"어제 본 인물 중 아는 사람이?"

"오래전 기억이라 가물가물하지만 초거대 작업장의 사주로 추정되는 인물을 본 것 같아. 왜소해서 사람들 틈에 가려져 있었지만 주황색 지팡이를 든 중년인이 있었는데, 내 기억이 맞다면 아마도 그가 우리 업계 최초로 천마(天魔)라는 칭호를 받은 인물이 맞지 싶어."

"천마?"

뭐야, 웬 무협 모드람.

"그래, 일천여 명의 작업자를 고용한 업계 최초의 인물이지. 처음에 비아냥대던 천마(千魔)가… 진짜 천마(天魔)가 되어버렸어."

"……!"

오— 그 천마가 천마였구나.

한데 큰곰이의 어감이 의외로 조심스럽다. 약간의 존경이 깃든 게 느껴지기도. 천마라……

"그를 필두로 이후 일곱 명의 대형 작업장 업주가 등장했어. 일명 칠대천마(七代天魔)가 생겨난 것이지. 중국이 아닌 한국에서 작업장의 기업화에 성공한 입지전적인 인물들이라고나 할까. 그들 이후로 천마라 불리는 작업장 업주는 나타나지 않았거든… 맞아, 그들이 진입 장벽을 빠르게 쳐버렸어."

버거운 상대는 동료로 받아들이고 만만한 상대는 짓이겨 기어오르지 못하게 장벽을 구축하는 것, 그런 게 사업이다.

어쨌든 흐르는 소문으로 언뜻 들은 것 같다. 그 이후로 칠대천마를 정점으로 하는 하청 작업장들의 가지치기가 피라미드식으로 빠르게 이루어졌다.

"어제 보았던 십여 명의 인물이… 설마 그들이 칠대천마?"

"그가 천마가 맞다면 칠대천마 중 몇몇이 포함되어 있다고 짐작은 가. 서로가 원수지간임과 동시에 끈끈한 카르텔의 일원이니까. 이 바닥의 겉보기 사정은 복잡하게 보이지만 실제 꼭 그렇지만도 않아. 돈 놓고 돈 먹기, 거대 자본에 의해 좌우되고부터는 심플해졌지."

"……."

돈 놓고 돈 먹기… 새로운 하나의 시장이 형성되면 먹이사슬의 정점에 선 자들의 전유물.

자본의 지향점은 시장 선점, 그리고 장악… 왜곡.

당연히 규모와 크기를 지향하니 게임 내의 재미엔 관심없다. 그래서인지 큰곰이의 뉘앙스에서 불편함이 묻어 나오기 시작했다.

"새로운 시장이 생기면 으레 그런 거지. 아마 새로 입주한 작업장이 칠대천마의 위장 계열사이거나 유력한 하청업장이 아닐까 생각되는군."

"호오~ 듣고 보니 거물들의 행차였네."

우리는 그 앞에서 삼겹살로 거하게 파티를 벌였다. 물론 손가락도 비틀고.

"암, 업계 거물이지… 지금은 족히 일만 명의 작업자를 돌리는 인물들이니까. 하청업장까지 친다면 천마 한 사람당 십만은 가볍게 돌릴걸? 말이 십만이지, 그 그늘이 드리우는 정도는 도를 지나친 듯싶다."

'어떤?'

'겉으로는 서로 윈윈처럼 보이지만 개발사들이 쩔쩔 맬밖에. 백만 동시 접속을 약속해 놓고 아예 거들떠보지도 않아 게임 서비스를 접은 사건은 꽤 유명해."

"…대단하군요."

큰곰이는 씁쓸하게 웃을 뿐이었다.

"업계 황당 사건 중 하나라고나 할까. 문제의 개발사 마케팅 담당자가 '작업장 유저는 유능한 NPC일 따름'이라는 그 한마디가 발단이 되어 벌어진 일이었어."

"에계? 사건의 발단이 유치한 감정싸움이었단 말입니까?"

믿을 수 없다. 사업을 감정으로 하지 않으니까.

"그 말 한마디가 천마들이 군소 작업장을 호의적으로 동원할 수 있는 명분을 제공한 거지. 나도 기분 나빴거든. 여하튼 그런 식으로 4, 5년간 개발에 몰두한 게임이 초반 기세 몰이에 성공하지 못해 단 6개월 만에 서비스를 접어버린 상황이 생기고 만 거야."

"……."

"이후에 벌어진 세 번의 싸움에서도 승리한 쪽은 다름 아닌 작업장이었다."

"개발사가 안이하게 대응한 결과군요."

"알아도 도리가 없지. 수십만 명이 동시 접속했다 빠져나가기를 반복해 봐! 맛 갈 수밖에."

"…끝장이네요."

그렇게 구멍가게가 대형 마트를 이겨 버린 셈이다.

이 업계에 변하지 않는 철칙이 있다면 그건 바로 '동접 수는 돈!'이다.

쪽수에 따라 자본이 움직인다. 동접 수의 가감에 개발사의 주가가 그때그때 출렁인다. 그래서인지 이때까지 조용히 있던 작은곰이 시니컬한 음색으로 말을 받았다.

"주식시장에 상장된 개발사일 경우 주가가 하루에 지옥과 천당을 오락가락할 수밖에 없어. 상장사의 딜레마가 여기에서 발생할 수밖에 없게 되고, 동시 접속자 수로 개발사의 주식가가 요동을 치니 그 가운데 누군가는 큰 이득을 챙기기도 쉽지. 떨어뜨리고 싶을 때 떨구고 올리고 싶을 때 올리고… 그 재미를 동접 수를 조종하는 천마들이 보았다는 게 이 업계의 정설이야."

"……!"

가능하다. 게다 일명 '작전'으로 주가를 조작하는 게 아니니 문제될 게 전혀 없다.

아니나 다를까,

"돈 들여 주가를 조종하는 게 아니니까 참으로 절묘한 장난질이 아닐 수 없다고나 할까."

"휘유—"

나로선 김빠지는 휘파람이 절로 나왔다.

다윗과 골리앗의 싸움같이 먼 나라 이야기처럼 들렸는데 지금은 피부에 착 달라붙는 내용이 아닐 수 없다. 그제야 작업장 이전에서 보여준 그들의 치밀한 동원력과 조직력이 이해가 되었다.

그러는 사이 큰곰이가 말을 받았다.

"결국 작업장에게 개발사 지분을 일부 인정받는 것으로 백기를 들고 말았어. 주가가 요동치니 투자자들의 이탈을 막는 게 급선무였거든. 이 사건을 계기로 작업장 업계에 칠대천마의 명성이 자리 잡게 되었고, 지금에 이르게 된 거야."

"허, 거참."

황당 사건이라 보기엔 거대 작업장의 등장부터 카르텔 결성까지 처음부터 이걸 노린 게 아닌가 하는 의심이 물컹 들었다.

지금까지의 이야기는 한 사람이 수백 개의 계정을 돌리는 '키보드 워리어'가 판을 치던 온라인 게임이 저물고 가상 게임으로의 전환기 때 생긴 과도기적 사건으로 치부할 수 있다.

하나 가상 단말기는 지금도 고가지만 그때는 엄청난 고가여서 작업장을 꾸릴 생각은 원천적으로 불가능하다고 말하던 때다.

그런 시기에 천마들은 수천 대의 가상 단말기를 투자해 자신들의 영역을 확실하게 뿌리내린 것이다.

자, 여기서 나의 의문. 천마들은 무엇을 보고 그 많은 자본을 투입할 수 있었을까?

자본의 투자에는 명확한 목적성과 확신이 필요하다.

이는 내가 이 년간 자본이 물리적으로 대립하는 최전선에 있었기에 단언할 수 있다.

작업장을 돌려서 파생되는 수익엔 분명 한계가 있다. 더욱

이 내가 지금 그 일을 하고 있으니까 그야말로 뻔하다. 미래를 장담 못하는 그럭저럭 일당벌이 수준.

한데 당시엔 가상 유저 수가 턱없이 적어 단말기당 수익률이 바닥일 수밖에 없을 때다.

초대 천마는 대당 팔백만 원씩 잡는다 쳐도 일천 대면 무려 팔십억을 시설 투자비에 쏟아부었다. 설비야 그렇다 쳐도 시설을 돌리기 위해 매달 십억 원 정도의 운영비가 들어갔을 것이다. 대부분이 인건비다.

뚜렷한 수익을 나오지 않던 그때 당시에… 매달 십억이라.

그만한 자본이 투입되었을 때 그에 대한 안전장치는 분명 필요하다.

그런 와중에 천마들은 개발사와의 분쟁에서 종국엔 지분 참여까지 일궈냈다. 그들이 얻은 지분이 개발사 경영에 참여할 정도까지는 아니더라도 수년간 수백억을 투자해 게임을 개발한 개발사로선 밑지는 거래가 아닐 수 없는 것이다. 그리고 상대는 이미 주식 등락을 조종하며 부수적인 수익을 거둔 뒤다.

그렇다. 다윗은 골리앗의 약점을 알고 싸움을 건 것이다.

그 약점은 바로 동접 수!

여하튼 스토리는 스토리일 뿐, 그 스토리를 현실로 도출시킨 천마들의 역량이 정말 대단하다 인정할 수밖에 없는 대목이다.

"개발사와의 알력 문제를 떠나 거대 작업장의 등장이 순수 유저들의 활기를 죽여 버렸다는 건 큰 문제가 아닐 수 없어. 나는 그 당시 300석 규모의 중소 작업장에 소속되어 작업장 편에 섰는데… 지금 생각해 보면 완벽한 들러리였다고나 할까."

"……."

그건 그렇다. 재미와 대리만족이라는 순수성을 가지고 가상 세계를 즐기는 많은 유저가 힘을 잃고 말았다.

가상 공간 곳곳에 거대 작업장의 입김이 녹아들어 있다.

그런데도 정부는 이들이 초대형 고용 업체라 하며 보조금까지 주고 지원하고 있는 형편이다. 실업율을 낮추는 고마운 산업이라 이거다.

큰곰이는 아래의 번잡함을 다시 한 번 눈에 담고 어깨를 으쓱했다.

"나는 그런 추세가 싫어서 이렇게 간단하게 차린 거지만… 솔직히 말하자면 작업장 업주가 되고부턴 수백 석을 갖춘 작업장을 꿈꾸게 되더라고. 사람 수가 많으면 가상 세계에서 할 수 있는 게 무궁무진하거든."

"그 마음… 저도 솔직히 들었습니다."

아바타르와의 분쟁에서 절실히 느꼈다.

단박에 올라서는 성벽, 유저들로 꾸려지는 성, 필드 곳곳에 세워지는 요새, 그들만의 클로즈 필드, 헌신적인 지원, 조직적인 전투원들… NPC들만으론 할 수 없는 그림들을 너무도 간단하게 이룩해 냈다.

하나,

"그렇지만 전 지금처럼 아담한 게 좋아요. 이건 마치 사람 장사 같잖아요."

작은곰이 얼른 말을 받았다.

"바로 그거야! 우린 이 방식대로 가는 거야. 크다고 다 좋은 게 아냐. 애들을 착취하지 않으면 안 되는 구조임을 형이 잘 알잖아. 이제 와서 동경할 필요는 없다고. 순수 유저로서의 재미를 잃지 않으면서 플레이하는 소수 정예가 최고야!"

형의 간 떠보기에 대한 작은곰이의 민감한 반응이지만 초심을 잃지 않으려는 작은곰이의 의지가 느껴졌다.

하나 큰곰이는 대답없이 그저 눈을 아래로 아래로만 향하고 있었다.

그러더니 작은 혼자말로,

"우리 둘론 지오를 지원하는 데 한계가 있어. 단지 그게 아쉬울 뿐이야… 단지 그뿐이야."

…….

더 이상 천마에 대한 업계의 전설 같은 이야기는 그만두었다.

저 머나먼 우주 저편에 선 사람들이 이야기다. 우리에겐 우리에게 맞는 아담한 벌이가 있잖은가.

나 역시 그들의 성공담에 후끈 달아올랐음을 부인하기 어렵다. 그렇게 우리는 약간 심각했던 분위기에서 벗어나 작업장으로 돌아왔다.

암, 벌써부터 기 죽을 필요는 없다.

한데 자세히 보니 이 장소도 벌집틱한 향기가 난다.

"이제 보니 이곳도 나름 벌집인데요?"

"여느 작업장이나 멀티 플레이 단말기 특성상 구조는 마찬가지지. 하지만 이 여유 넘치는 공간을 벌집이라 부르긴 힘들지."

"그래도 아담하니, 벌집에 비유하자면 처마 아래에 붙은 말벌통 같지 않을까요?"

"우리가 말벌이라, 그건 마음에 드는데… 처마 밑이라?! 어허, 표현이 너무 실감난다."

그런데 두 곰이를 아무리 보아도 말벌을 연상되는 곳은 불룩한 배밖에 없다. 오늘따라 이 둘은 노란색이 들어간 럭비 셔츠를 입고 있었으니. 그런 내 시선을 느꼈음인가.

"야야, 이거 왜 이랴?! 좋아, 날개 한번 떨어볼까? 부웅우—"

큰곰이 큰 엉덩이를 좌우로 흔들며 나와 작은곰이를 퉁퉁 튕겨냈다.

"어쿠—! 야이, 주책아!"

"요즘 말벌은 엉덩이가 무기네요."

"나는 말벌이 아니라 똥벌이다, 똥벌. 크큭크."

"하하하."

"하하하."

새로운 이웃이 여간 거슬리는 게 아니었다.

벌써부터 존재감 자체가 함몰되었다는 기분을 지울 수가 없었는데 이 유치한 몸 개그로 털어냈다.

그들에겐 그들의 벌이가, 우리에겐 우리의 벌이가 있으니까.

큰곰이가 정색하며 말했다. 눈빛도 냉정하게 빛이 났다.

"나도 저런 작업장에서 일벌로 있었지… 오직 하나의 여왕벌을 위해 열심히 꿀을 날랐는데, 역시 일벌은 일벌일 뿐이었지. 로얄젤리를 먹어야 여왕벌이 될 수 있는 건데. 일벌을 여왕벌론 절대 키우질 않지."

"……."

맞다, 애벌레 때부터 로얄젤리를 먹어야 여왕벌이 되는 것이다.

"비유가 적당할지는 몰라도 꿀과 로얄젤리는 소수에게 집중되고 일벌에게 주어지는 것은 그저 하루하루 연명하는 설탕물이라는 게 작업장에서 일하는 꿀벌들의 실상이야."

"게임에서 로얄젤리라."

"희소가치의 아이템이 꿀이라면, 네가 소유한 강철 골렘은 그 로얄젤리를 생산할 수 있는 아이템이라 할 수 있지."

"아항~"

"그래! 지오, 너는 형제 벌통의 여왕벌인 거야."

내가 여왕벌이라니? 아하, 농담 따먹기를 하시겠다?!

그러시겠다면… 나는 최대한 진지한 표정을 지었다.

"그렇군, 나는 게임계의 떠오르는 여왕벌이었어."

"잉?"

"맞아! 그래서 나에게 꿀과 로얄젤리가 끊임없이 공급된 거였어. 나는 여왕벌이다—!'

큰곰이의 동전 투입구 같은 눈이 지폐 투입구처럼 길어졌다.

'음화핫— 놀라긴 하는군. 에로 곰, 나를 놀려먹으려면 짬이 더 쌓여야겠어.'

"크큭. 그래, 여왕벌 먹어라. 뭐뭐 달린 여왕벌이라… 크크, 지오는 변태 여왕벌이다—!'

변태?! 이런이런.

"아니, 형은 웃자고 하는 소리를 하면 꼭 대화의 소재를 그쪽으로 옮깁니까?'

"몰랐더냐? 내가 바로 온몸이 에로인 진상 에로 곰이 아니더냐?!'

"크—"

아시긴 하네.

긴장을 털기엔 역시 농담이 최고.

*   *   *

3시간 동안 아이템을 정리한 후 근처 공동 식당으로 향했다.

식당 입구에서부터 오늘의 주메뉴가 무엇인지 알 수 있었다. 싸하면서 강렬한 향기… 카레였다.

이곳은 정부가 민간에 위탁해 운영하는 공동 식당이다.

한 끼를 저렴하게 해결할 수 있도록 만들어놓은 남미식 사회 안전장치.

대한민국에 실업자가 넘쳐 나던 시절 무료 급식소가 곳곳에 만들어졌는데, 비상시를 대비해 여전히 운영되고 있다.

실업자는 무료, 아르바이트 생활자는 1천 5백 원을 받는다. 실업자나 정규직 사원이나 눈치 볼 필요 없이 단말기만 들이대면 한 끼를 해결할 수 있는 것이다.

아르바이트 기간 동안 이곳에서 점심 한 끼 내지 저녁 한 끼를 꼭 해결했다.

한 끼에 1천 5백 원이라는 저렴한 가격, 이게 중요하다.

시내 어디에도 이런 착한(?) 가격으로 한 끼를 해결할 수 있는 곳은 없으니까.

근처 오피스 빌딩에서 일하는 다양한 직업에 종사하는 사람들이 이곳에 모여든다.

나는 예의 단말기를 판독기에 붙였다 뗐다.

삑—!

"엇! 왜 3천 5백 원이 빠져나간 거야? 언제 오른 거야?!"

"크크, 축하한다. 너도 이제 도시 귀족이 되었다는 뜻이다."

"도시 귀족?"

"후후, 사업자가 아르바이트 생활자와 같은 돈을 낸다는 것은 말이 안 되지. 이제 너도 노블리스 오블리제의 첫발을 들인 것이지. 사업자가 되는 순간, 정부는 네 단말기에 빨대를 꽂은 것이지."

"……"

"본전 생각하면 우리와 같은 드럼통 몸매가 된단다. 우리 몸매가 그냥 만들어진 몸매가 아니라는 것이지. 전형적인 도시 귀족 남성의 몸매라 할까나."

"허—"

이제야 기억났다, 실업자가 공짜라면 실업가는 몇 배의 돈을 지불해야 한다는 사실을.

사회 보장 정책이니 갑자기 억울해할 필욘 없다. 이미 오래도록 저렴한 한 끼의 혜택을 누렸으니까.

단지 도시 귀족이 되었다는 말에 실감이 나지 않을 뿐이다.

그리고 특히 도시 귀족의 몸매엔… 관심없다.

죽어도!

식당에 모인 면면을 살펴보면 우리의 존재는 눈에 딱 띄었다.

일단 두 곰이 체구에서 먹고 들어간다. 그리고 나는 나름의 미모로 시선을 잡아끈다. 어허, 정말이라니까.

그리고 확인 사살식으로 서로 질 수 없다는 듯이 마구마구 먹어대기에 주변에서 우리를 바라보는 시선이 많을 수밖에 없다.

내가 이 두 곰들과 지내면서 게임 외적으로 몸에 배인 게 있다면, 전투적으로 먹는 법을 들 수 있겠다.

나는 음식을 앞에 두고 이제 더 이상 아이스크림을 뜰 때와 같은 우아한 모습은 그 어디에도 없게 되었다는 말씀. 두 곰들과 지내다 보니 자연 그렇게 된다.

두 곰은 오로지 렙업 주스만 곱씹으면서 마실 뿐이다.

무슨 와신상담의 고사를 떠올리게 하는 분위기를 피우면서 말이다.

여하튼 아니나 다를까, 큰곰이 못 참겠다는 듯이 벌떡 일어났다.

"역시 아쉬워. 한 번 더 타야겠어."

"나도."

"음… 저도."

근묵자흑이 아니라… 식탐왕성이라.

우리는 동시에 식판을 들고 일어나 배식대로 향했다.

제길, 이러다 나도 도시 귀족 몸매로 변하는 게 아닌지 모르겠어.

척척, 칙칙폭폭.

추가로 식판에 밥을 덜고 카레를 끼얹은 다음 자리로 향했다. 주변의 놀란 눈들을 당당하고 절도있는 걸음걸이로 무시했다.

우리가 지난 등 뒤로 '뭐야, 저치들. 벌써 세 번째야.' '여기가 무슨 뷔페인 줄 아나 보군.' '어디 팀 소속이야? 품위없구만.' 라는 어이없다는 식의 뒷말이 들려왔지만 가볍게 즈려밟았다.

무려 3천 5백 원이나 빠져나갔다.

이 정도 추가는 기본이지, 암.

여기서 변명 한마디, 가상 공간에서 동화율을 유지하려면 칼로리를 어지간히 많이 소모하는 게 아니다.

그렇다. 게임도 체력이다.

렙업 주스 가지곤 택도 없지. 고로 그 체력을 유지하기 위해 음식 앞에서 당당하게 비굴해질 필욘 충분하다.

우리는 세 번째 식판에서 음식 맛을 조금씩 음미하며 먹었다.

이쯤에서야 사람다운 모습이 됐다. 그제야 자연 쏠렸던 시선도 그쳤다. 큰곰이 무게를 잡고 말했다.

"천천히 오래오래 씹어 먹자고."

"그럼요, 지성인답게."

가만있을 수야 없지.

"제일 늦게 먹는 사람이 일등입니다."

"좋아, 진 사람이 저녁 사기—"

"콜!"

"콜!"

배를 채웠으니 부릴 수 있는 호사인가?

쪼잔하다고? 어허, 다 그럴 만한 이유가 있다니까.

이곳이 뭐 하는 곳이던가.

바로 작업장의 알바들이 저렴하게 한 끼를 때우는 장소가 아니던가. 자연 게임에 관한 이야기가 나올 수밖에 없는 곳이지. 아니나 다를까, 옆 테이블에서 볼멘소리가 들려왔다.

"왜 갑자기 E&T 특별 작업장을 꾸린다고 호들갑이야? 중심지라 일과 마친 후 데이트하기엔 딱 좋지만, 여자 친구가 없는데 어쩌라고. 씽—"

"그러게. 위에서 시키니까 옮기긴 했는데… 첫 미팅 분위기, 정말 살벌했어. 4시간 평균 동화율 28%를 유지해야 된다네? 미달이면 연장 계약은 꿈도 꾸지 말라는군."

"네 팀도? 토씨 하나 다르지 않고 같네."

"이젠 술은 다 먹었어. 취중접속이 내 주특기인데."

"위에서 골이 단단히 났구만."

"골?"

"E&T가 고만고만한 게임이라고 비중없이 대하다가 갑자기 유저들이 몰려 버렸으니 배 아플밖에."

"그런 거야?! 뭐 들은 이야기 있구나?"

"이젠 비밀도 아닌데. 그러니까… 거대 작업장들이 한 방 먹었다는 것이지."

"응?"

"E&T사가 작업장에 건네준 Part 2 정보 중 중요한 건 대부분 누락된 채 넘겨졌다는 거야. 고만고만한 게임으로 판단할 정도만 개발사가 건넨 거지."

"어라, 그래서?"

"…그래서 E&T 내엔 우리 같은 거대 작업장의 입김이 1할도 못 넘기고 있대. 게다 E&T에서 자리 잡은 작업장이라 해봤자 대다수가 친목 길드를 후원하는 중소 작업장들이라 거의 순수 유저에 가깝지."

"어쩐지 필드 곳곳에 아마추어 냄새가 진동하더라."

"여하튼 이들이 똘똘 뭉쳐 기득권을 지키려고 혈안이 되어 있고 예전처럼 파고들기가 여간 쉬운 게 아니라는 거야."

"그래도 게임 특성상 그 선점한 작업장들도 요즘 별 재미를 못 보는 것 같던데. 거 있잖아, 일인 공성전. 세상에 그런 공성전이 어딨냐?!"

"겉보기 한두 사건만 보면 그렇지. 반대로 그 사건 때문에 순수 유저들이 얼마나 더 몰려들었는데. 다들 로또의 주인공이 되고 싶은 거지. 순수 유저 비율이 무려 80%를 넘는 몇 안 되는 게임이 작금의 E&T란 말씀."

"와우— 그렇게나?! 그 정도면 대박인데!"

"순수 유저들이 많다는 것 하나만으로 아주 짭짤한가 보더라고. 해외 반응마저 괜찮은 편이구. 게임 자체가 그렇게 만들어진 건데 어쩌겠어."

"E&T가 그나마 순수 유저들이 기를 펴는 가상 공간이라 유저들이 더 쏠릴 수밖에 없다는 이야기인데, 우리처럼 뒤늦게 끼어들 수 있을까나?!"

"나는 솔직히 이렇게 특별팀을 꾸려보았자 별 의미 없는 일이라 생각해."

"오호— 와이?"

"우리가 히든 클래스를 부여받아 골렘 오너가 되면 뭐 해? 핵심인 골렘이 없는데. 그리고 어느 세월에 한국이 Part 2로 넘어갈 줄 알고?"

"그건 그렇군. 그럼 우리가 뒷북 치는 건가?"

"히, 우린 아니지. 관리하는 멤버들이 뒷북 치는 거겠지. 팀별 수익률을 맞추고 수지를 맞추는 건 그들 소관이니까."

"하긴, 알바들이야 멤버들이 시키면 시키는 대로 하면 되는 거니까 안타까울 이유 하나 없지요—"

"늘 그렇듯이."

"그래, 늘 그렇듯이."

이후 신변잡기적인 이야기로 화제가 돌려졌다.

딱히 보안을 요하는 내용은 없었다. 단지 아래층 작업장들이 오로지 E&T를 위한 특별 작업장이라는 게 중요했다.

알고 보니 이제야 거대 작업장다운 거대 작업장이 본격적으로 E&T에 들어오려 하고 있음이다. 내기를 떠나 밥알이 모래 알갱이처럼 입안에 맴돌았다. 그런데 그 순간 탁, 하는 소리가 나며,

"일등!"

텅 빈 식판을 아쉬운 눈으로 내려다보는 큰곰이었다.

"잉? 빨리 먹기 내기가 아니라니까."

"알아, 도전 정신을 가지고 밥알 하나하나 헤아리며 먹으려 했지만… 나에겐 도저히 이길 수 없는 내기라는 것이지. 나한테 바랄 걸 바라라. 그런 의미에서 한 그릇 더! 히―"

"……."

짐승!

*　　　　　*　　　　　*

"거기 가시는 세 분."

우리가 막 작업장에 들어서려는데 뒤에서 정중한 가운데

위협적인 어감이 살짝 걸친 목소리가 걸음을 붙들었다.

　오호, 눈으로 지시를 내릴 줄 아는 사내다.

　특유의 보폭, 일정한 걸음으로 다가왔다.

　작업장의 공식 작업복이라 할 수 있는 간편한 트레이닝복 차림에 입가에 가느다란 미소가 걸려 있었고, 나를 주시하는 게 빤한 두 눈엔 탁한 빛이 가늘게 흘러나왔다. 밝은 대낮에 정장을 입지 않아 그런지 서른 초반까지도 보여진다. 아니, 오히려 큰곰이보다 더 젊어 보인다. 이런 캐릭 있잖은가, 늙은이들 틈에서 같이 늙어 보이고 젊은이들 사이에 있으면 더불어 젊어 보이는. 물론 욕이다.

　여하튼,

　"이사 턱으로 식사 대접을 할까 했는데 제가 한발 늦었군요."

　정말로 이웃 간의 정을 나누고자 했을까? 선의가 전혀 느껴지지 않는데 말이다. 그의 두 눈이 나에게 몰려 있었기에 네가 나섰다.

　"무슨 일이죠?"

　"저희들의 보안 규칙 때문에 많이 번거로운 줄 압니다. 이웃으로 잘 지내고 싶어서 이렇게 출입증을 따로 만들어왔습니다."

　"서로 편하려면 당연한 거죠."

　"단출하게 세 분이시더군요. 여기 있습니다."

'단출'과 '세 분'이라는 단어를 말할 때 신경을 묘하게 긁었지만 내민 전자 출입증을 냉큼 챙겼다.

　'…뭐야?'

　구시대 플라스틱식 신분 카드라니. 거 있잖은가, 직딩이 개목걸이라고 부르던 물건 말이다.

　큰곰이 내 손에서 문제의 출입 카드를 슬쩍 살피더니,

　"어라? 방문자 전용 출입 카드……. 우리가 방문자라고?! 그리고 나보고 이걸 목에 걸고 다니라고? 허― 이거 완전 주객전도 아냐?"

　큰곰이의 끝말 톤이 으르렁 거칠게 올라갔다. 그럼에도 사내는 입가에 맺힌 가느다란 미소는 그대로다. 그러더니 뭐가 문제냐는 얼굴로,

　"원래 쪽수가 많은 쪽이 장땡 아닐런지. 현실도 그렇지만 저와 여러분이 밥을 벌어 먹고사는 가상 세계에선 철칙이잖습니까. 이쪽은 시간당 1천 명이고, 그쪽은… 3명이니까 시간당 한 사람으로 잡아야겠군요. 누가 보아도 진지한 쪽은 이쪽으로 보입니다. 건물의 주 이용자로서 저희는 충분히 소수자인 여러분을 배려한 것입니다."

　"뭐, 뭐라?!"

　시간당 한 사람은 진지하지 않다… 라?!

　어투만 봐서는 시비를 걸겠다는 느낌은 들지 않았다. 그러나 명백한 시비다.

다가오는 느낌은 왠지 사람을 끓어오르게 하는 무언가가 분명히 있었다. 최대 고용주에게 최대의 혜택이 베풀어지는 시대이긴 하지만 그 이데올로기를 강요받는 느낌은 묘하게 더럽다.

그런데다 그는 우리 작업장을 그윽한 눈으로 바라보았는데, 그 가운덴 저 공간은 당신들에겐 너무도 아까운 공간이지 않느냐는 뉘앙스가 담겨 있다면 나만의 착각일까?

"이런 말도 있잖아요, 쪽수에 양보하라."

"아— 놔. 머릿수로 밀어붙이면 그게 다 법이야?"

큰곰이의 으르렁거림이 커졌다.

"그게 민주주의니까요. 그리고 대한민국은 자.유.민주주의 국가입니다."

"…익!"

얼굴이 이마까지 붉어지는 큰곰이를 내가 가로막으며 은근히 넘겨짚는 식으로 말을 깔았다.

"고맙게 쓰겠습니다. 소수에 대한 모욕적인 배려도 민주주의 한 부분이죠. 대한민국에 오셔서 빨리 배우신 것 같아요."

사내는 과장되게 놀랐다는 표정을 지어 보이며 물었다.

"허허, 서울 사투리를 완벽하게 구사한다고 생각했는데 어디서 티가 났습니까?"

"이주민들이 늘 입에 달고 사는 게 대한민국은 자유민주주의 국가라는 거죠. 그 말을 무슨 면죄부를 구하는 주문처럼 외우거든요. 선거는 언제 하실 거죠?"

"흐……."

내가 그의 아킬레스건을 확실하게 건드렸음인가.

사내는 피식 웃으며 양키들같이 어깨를 으쓱하곤 등을 돌렸다.

"반만 맞추셨네요. 가진 국적이 여럿이라 굳이 대한민국 국적은 필요없는, 세계인이랍니다."

그렇게 성의없이 손을 흔들며 사라졌다.

진짜 재수없다. 등장과는 전혀 다른 꼬리 말기식 퇴장이 아닐 수 없다. 한쪽을 끓어오르게 만든 건 제 일이 아니라는 듯이 싱겁게 말이다. 그런 와중에도 모로 돌아간 눈이 우리 작업장을 깊게 담는 걸 잊지 않았다.

물론 이 세대의 진골 귀족 '세계인' 이겠지만, 그는 이주민 출신자이리라.

이주민, 불법체류자들이 대한민국의 국민이 되기 전 일정 기간 거치는 과정에 붙여진 명칭이 되어버렸다. 대한민국 법의 보호를 받으며 사업을 영위하고 세금을 내지만 선거권을 부여받지 못한 부류들이 그들이다. '과도기 인간' 이라 불리기도 한다.

대한민국엔 한 세기 가까이 여러 명목으로 눌러앉은 외국인들이 기백만에 달한다. 혹은 천만에 달한다고도.

그 기백만은 인접한 북쪽 동포에서부터 또는 가까운 중국에서 난민으로 흘러와 이 땅에 뿌리를 내리려 하는 자들이다. 수세대를 이어오며 사회 불안 요인으로 자리 잡았다.

대한민국이 대대로 살기 좋은 기회의 땅이라서가 아니라 주변 정세가 간간이 수상할 때가 있었기 때문이다.

내란, 쿠데타, 폭동, 경제 붕괴… 그 와중에 대량 난민이 발생했다.

그리고 대한민국은 선진국으로 건너가기 위한 징검다리 역할을 하는, 예나 지금이나 어중간한 위치에 있는 국가라는 것.

…결정적으로 포용력 부족한 배타적인 국민성이 이들을 아웃사이더로 고착화시켰다.

아무튼 그런 그들은 대한민국이 몇 차례 위기를 거치는 사이 그들만의 게토(Ghetto)를 형성해 치안 부재 지역을 만들어 버렸고, 지금은 확대일로에 있다.

오죽하면 '서울 강남'이 '서울 난징'이라 불려질까.

당연히 정치가들은 그런 불법체류자들에게 이주민 제도를 만들어 대한민국 국민으로 양성화하려고 시도했다. 하나 별 성과를 걷지 못하고 오히려 이용당하는 처지에 놓이고 말았다.

한국인마저 힘겨워 이 땅을 떠나는 마당에 단 하루의 투표날을 위해 불법체류자들이 이 중, 삼 중의 세금 수렁 속으로 자진해서 들어올 리 없잖은가.

수렁, 대한민국은 수렁이다.

대한민국 국민이 되는 순간, 고달프다. 대한민국 국민이면 다 안다. 나도 태어난 그 순간부터 고달팠다. 오버 아냐.

이주민 신분일 때는 미약한 세금만 내면 된다. 하지만 국민이 되는 순간 빵꾸난 연금을 메워야 하고, 바닥난 의료보험 재정을 메워야 하는, 국가로부터 일방적인 희생을 강요받는 존재가 되기 때문이다.

정부에 낼 돈이면 차라리 사설 연금이며 사설 의료보험에 가입해 귀족 같은 혜택을 누릴 수 있다.

그래서 그들은 계속 이주민 신분을 갱신하며 대한민국 국민이 되기를 거부하고 있다. 이들이 대한민국 국민이 되고자 할 때는 외국에서 새로운 불법체류자 후보를 끌어들일 합법적인 신분이 필요할 때뿐.

내가 딱히 유럽에 맹위를 떨치는 스킨헤드의 이념을 좇는 차별주의자는 아니다.

하지만 민주주의를 말하면서 민주주의 뒤에 숨어 자신에게 필요한 민주주의를 이용하는 꼴에 배알이 꼴리는 걸 어쩌란 말인가. 비열한 이들의 도피처가 민주주의는 아니잖은가.

중간자!

이주민이 무슨 감투도 아니고 말이다.

오죽하면 '선거 못하는 불법체류자 위에 선거할 곳 없는 국민 있고, 그 위에 선거하기 싫은 이주민이 있다' 라는 말이 있을까.

젠장, 대한민국이 어쩌다 이렇게 됐는지.

에혀, 툴툴거리면 뭐 하나.

현재의 대한민국은 불법체류자에 이주민 없이는 원만히 굴러갈 수 없게 되어버렸으니… 의미없다.

두 번의 만남을 가졌음에도 여전히 통성명을 나누지 않은 사내는 저번처럼 살짝 건드려 보고 꼬리를 마는 게 여간내기가 아닌 건 확실하다.

허접해 보이는 우릴 상대로 절대 인정할 수 없다는 고집도 느껴졌다.

단지 그의 관심이 무엇인지 명확하게 확인했을 뿐이다.

두 형제가 공을 들여 꾸민 그림 같은 작업장인 것이다.

유리성!

일명 작업계의 펜트하우스.

정말이다. 실제 그렇게 부르고 있다.

두 형제도 그런 느낌을 눈치챘기에 민감하게 반응한 것이리라. 다 같은 세입자지만 건물주가 편을 들어주고 싶은 쪽은 엄연히 따로 있다.

나는 낮게 으르렁거리는 두 곰들이에게 사내에 대한 감상을 말했다.

"밀집형 대형 작업장에 빡센 근무 조항을 보건대, 소소하게 어긴 근로 조항이 한둘이 아닐 테죠. 그는 우리를 이웃에

뒈야 할지 시비 걸어 쫓아내야 할지 계속해서 간을 보려 할 겁니다."

"작업장 사정은 작업장이 더 잘 아니까 경계할밖에. 덤으로 우리같이 친목 도모형 작업장을 눈엣가시처럼 여길 수도 있고."

"거참, 게임 외적으로 별게 다 거슬리네요."

"새로운 시작에 필수적인 자극으로 생각하자고."

"자극 무지 됩니다."

시간당 1,000대 1의 대결이라… 딱히 경쟁을 제안하지 않았지만 재수없는 눈빛으로 경쟁심을 자극하니 한번 해보자는 마음이 자연스레 생기는 걸 어떡하나.

큰곰이 빌딩숲을 향해 외쳤다.

"양보다 질이다─!"

급동감, 하지만 4그릇이나 먹은 그 힘으로 외칠 소리는 아니잖아!!

Act 01
엉덩이 가벼운 남자

機甲戰記
Massacre
기갑전기 매서커

　현실의 석양이 유리 온실에 내리쬘 무렵, 가상의 시간이 돌아왔다.

　나는 영주로서 영지민들을 위한 첫 봉사 의식을 하기 위해 이 시간에 접속한 것이다. 카불의 영주로서 첫 공식 행사다.

　봉사 의식. 거창하게 들리지만 카불 거리에 마법 등을 밝히는 행위다. 일명 네온사인 점등식.

　카불은 아바타르들의 거점 도시로 키워지던 도시라서인지 도시 기반 시설에 상당한 투자가 이루어진 상태로, 바미안에 티할 바가 아니었다. 굳이 바미안과 비교하자면 여관과 무궁화 4개짜리 호텔에 비할 만하겠다.

그런 의미에서 카불의 영주성을 살펴보자.

카불 시 정중앙에 위치한 영주성을 중심으로 내성을 두른 것이 바미안의 구조와 흡사하다. 폐허로 방치된 고대 도시에 기반을 두고 이를 토대로 발굴해 도시로 발전한다는 E&T 상의 설정이기에 이는 어느 영지나 마찬가지라 하겠다.

하지만 폐허 위로 얼마나 공을 들였냐에 따라 도시의 성장된 외관은 천차만별이라 하겠다.

도시의 외관을 갖추려면 수많은 인원의 노력과 시간이 필요하다. 그 이후에라야 도시는 도시의 주인에게 여러 명목의 연공금을 납부하며 귀족다운 품격을 유지토록 한다.

그런 의미에서 바미안은 아직도 까마득하다. 그것도 아주─ 멀다.

뭐, 이제는 카불이 있으니까 그리 덜 신경 쓰이지만 말이다.

'아바타르들이여, 이 몸이 감사히 혜택을 누리겠소이다.'

카불 내성 안의 영주성을 감싼 상업 지구는 2만의 유저와 이들을 지원하는 유저들이 오가며 활기 넘치는 공간으로 발전했다. 그 결과 상가와 주거 시설을 겸한 5층짜리 주황색 벽돌 건물들이 빽빽하게 차지하고 있다.

회백색 성벽 안에 늘어선 주황색 벽돌 건물이 제법 볼만한 광경을 연출한다.

하지만 현재 이 건물들의 주인들은 일거에 퇴거당해 내성

안의 빈집을 알려주는 공실률이 76%에 달하고 있다.

참고로 외성의 공실률은 무려 92%에 달한다.

당연히 이런 빈집과 상가의 현재 주인은 바로 나 한 사람이다.

승자 독식이라는 가상의 법칙은 이렇듯 냉엄하다.

내가 유저들의 신뢰를 얻어 일반 유저들을 유치한다면 나는 지하 도시의 부동산 투기에서 얻은 수익 이상을 올릴 수 있는 것이다.

아, 그러고 보니 지하 도시의 부동산이 아직 미 구현 상태에 있다. 물론 집값은 30배 이상 빵빵하게 부푼 상태다. 놀랍지?

거품이 부글부글!

파편 전쟁이 시작되고 기암절벽 위에 자리한 자유 도시의 집값은 폭등일로에 있으니… 더 배짱을 부려볼 요량이다.

가상 세계가 아니면 언제 기득권자의 머니 게임인 부동산 투기를 해보겠어. 어허, 게임 내에선 무슨 일인들 못해.

이제 내 집을 살펴보자. 카불 영주관 말이다.

영주관은 놀이동산의 성처럼 완만한 언덕 위에 자리해 장방형 성벽에 수많은 사각 첨탑이 요소마다 배치된 외관으로, 중세의 고딕미가 살아 있다.

기사탑, 정령탑, 마법탑, 무기탑 등 네 개의 주탑이 영주관의 주요 건물이자 도시의 기반 시설을 통제하는 기관부 역할을 하며 모서리 끝에 자리 잡고 있다.

오늘 나는 이 고딕 첨탑 중 도심의 치안을 담당하는 기사탑에 올라 영주로서의 첫 의무를 행사해야 하는 것이다.

가신들이 영주관의 대회랑에서 나름 설정에 충실한 차림으로 나를 맞이해 주었다. 나의 성공이 그들의 성공과 끈끈하게 연결되어 있어서가 아닌 진정으로 축하해 주는 얼굴들이다.

나는 겸연쩍은 얼굴로 도열한 인물들과 차례차례 악수를 나누었다.

그동안 우리들을 촉박하게 재촉했던 아바타르의 압박을 일거에 털어버리는 시간이 아닐 수 없다.

정령 화로 사건으로 풀이 죽은 골든보이.

벌거벗은 상체엔 기사 정복을 개조한 조끼를 걸치고 나와 손을 맞잡았다.

골든보이의 두 눈이 전에 없이 진지하다.

"내가 상점 땡보 캐릭보다 못하다니… 아무튼 무럭무럭 큰 뒤에 자웅을 겨뤄보겠습니다."

"던전 수행을 그만두고 파편 전쟁에 참여하신다고 들었습니다. 여유가 생기는 족족 보너스 포인트를 넘길 테니 골렘 오너만 되시면 곧바로 돌아오는 겁니다."

골든보이는 내 손을 꽉 쥐는 것으로 답을 대신했다.

그는 우리 영지에서 제일 유력한 골렘 오너 후보다.

그런 그가 전쟁터에서 자신을 더 단련시키겠다는 의사를 표해왔다. 당연히 그런 의사를 존중할 수밖에 없었다.

골든보이에 이어 화려한 의식용 로브 차림의 일단님.

뭐가 좋은지 연신 벙글벙글.

"이 일단, 바빠서 죽겠소이다. 느긋하기만 하던 내 가상 생활을 이렇게 빡세게 굴러가게 만든 지오님……."

"……."

날이 날인데 무슨 원망을 늘어놓으시려 하시나.

'감사하외다ㅡ! DK들과 아바타르들의 골렘을 연구할 기회가 주어져서 그 많던 스킬 포인트가 전부 소진되었소이다. 아아, 배울 것은 나날이 늘어나는데 능력이 따라가지 못하니 이 일을 어쩌나……."

"지금까지의 성공은 일단님 없이는 이룰 수 없는 성공이었죠. 그러니 이 손 좀 놓아주셨으면……."

그제야 내 손을 아쉬운 듯이 놓아주는 일단이다. 그리고 수인을 맺으며 메이지다운 축원을 해주었다.

"매일매일, 오늘 하루 같은 날만 계속되기를……."

허이구, 이 능글맞은 영감 같으니. 다 좋은데 어울리지 않게 주름 자글자글한 윙크는… 포인트에 목마른 고렙 유저라 이거지.

일단님이 전승 축하금을 쾌척했습니다.

3천 골드!

카불 마법탑을 완벽하게 장악했습니다.

아바타르가 숨겨놓은 스파이 장치를 모두 분쇄했습니다.

이동 게이트 세팅을 모두 마친 상태입니다.

'알았다니까요, 영주 포인트 쏠 때 되면 쏠게요.'

나도 그를 향해 매력적으로 한쪽 눈을 감는 것으로 답을 대신했다.

"흠흠."

일단의 행태에 옆에 선 헉스 영감이 헛기침을 하며 불편한 기색을 보였다.

"돌팔이 약장수! 물장사가 짭짤한가 보지?"

"근육쟁이! 철괴 떨어지면 이 형님을 찾으라고."

"흥—!"

"헹!"

두 사람 간의 싸늘한 외면.

'골렘을 놓고 선의의 경쟁을 한다더니… 이 정도면 원수의 원수가 아닌가.'

더 서먹해지기 전에 내가 나섰다.

"헉스님, 이번에 착용한 주물 외장갑, 최고였습니다. 승리의 주역이었습니다."

두툼한 뱃살은 그 자체만으로 무기였다.

짊어진 지게에 수개의 공구 상자를 층층이 짊어진 헉스가 내가 내민 손을 우악스럽게 잡았다.

"내가 만든 장갑의 효용성을 보았지? 벌써부터 흉내 내는 놈들이 나타났어. 그래 봤자 원조를 따라올 순 없다고."

"그렇습니다. 원조는 원조죠."

'아구구, 손이야. 다들 내 손에 무슨 원수 맺은 거야, 뭐야?

"그래서 말인데… 이번에 실험할 장갑 형태가 있는데… 전투에서 그 가치를 검증받았으면 한다네."

"…에?"

자신의 장갑 실험을 위해 아무하고나 싸우라고?

농담이 아니다. 헉스의 눈은 진지, 그 자체.

헉스의 몰입도가 심각한 수준인데 이는 자신이 개발한 아이템이 놀라운 효용을 발휘했을 때 그에게도 성장의 과실이 떨어졌기 때문이리라.

다 좋은데 헉스까지 나를 모르모트 취급하는 거잖아.

내가 불편해함을 느꼈는지 그제야 헉스는 수습을 하려 했다.

"아, 아니. 지금 당장은 아니고… 아무튼 자네가 넘겨준 전투기록을 토대로 멋진 전투용 외장갑이 만들어지고 있다는 것간 알았으면 해. 시험해 보고 싶지 않고는 못 배길걸?"

"……."

날 완전 전쟁 중독자 취급하네? 이 중증 가상 폐인 같으니…….

"그리고 지금도 충분하지만 누구 못지않은 지원을 기다리고 있다는 것을 잊지 말라고. 흠흠."

"…그럼요. 헉스님이 고안한 장갑이 최고의 장갑임을 제가 증명하겠습니다. 반드시!"

그제야 우악스럽게 거머쥔 손을 놓아주는 헉스였다.

그리곤 어설프게 한쪽 눈을 꾹 눌러 감았다.

아뇨, 따라 할 걸 따라 하셔야죠? 안쓰럽게 느껴지잖아요.

그때. 차라라락거리는 도면이 들춰지는 소리가 나며,

> 헉스님이 자신이 설계한 새로운 외장갑 설계도를 공개했습니다. 고유 디자인입니다.
> 이 디자인 등록 권한을 영주인 당신에게 양도했습니다.

어라?

Quest

독보적 설계.

'헉스의 외장갑 설계는 E&T 디자인팀도 생각지 못한 독창적인 아이디어의 산물입니다.'

그 가치는 무궁무진합니다. E&T 설계국에 독점 등록해 다른 유저들이 함부로 모방하지 못하게 할 수 있습니다.

E&T는 가상의 지적 재산까지도 존중합니다!

설계국에 당장 등록을 권합니다. 디자인을 등록하는 순간 유사한 모양의 장갑은 더 이상 만들어질 수 없습니다.

'창작 존중'의 E&T 디자인 팀입니다.

어떤 식의 외장갑일지는 몰라도 현재 깔린 백여 기의 골렘들 대상으론 시장성이 없다. 하지만 Part 2로 넘어가서 골렘이 대거 풀려 버리면 그가 고안한 디자인의 가치는 꾸준한 수익으로 연결될 수 있을 것이다.

헉스는 그 사업 자체를 나에게 양도한 셈이다.

그의 머릿속 한가득 독창적인 아이템이 있기에 가능한 그다운 친목 유대 방식이리라.

그리고 결정적으로 Part 2까지 나랑 길게 같이 가자는 마음이 담겨 있음이다.

'같이 가자고요!'

나는 그를 따라 어설프게 한쪽 눈을 찡그려 주는 것으로 감사의 뜻을 전했다.

다음 차례는 뭐가 좋은지 실실 웃지만 기사 정복이 잘 어울리는 두 곰들. 둘 다 눈들이 그림 같은 그녀들을 담느라 바쁘다.

그녀들?

우아한 귀부인 복장에 나를 외면한 상태로 냉기가 잘잘 감
도는 미요, 몸매의 굴곡이 완연한 메이드 복장에 보호 본능을
자극하는 얼굴로 네크로 지오 옆에 찰싹 달라붙은 치리, 속이
아슬아슬하게 비치는 국적 불명의 드레스 차림을 한 채 연신
하품을 남발하며 따분한 표정을 감추지 않는 멜퀴 등이다.

이 셋만으로 장내는 미인 경연장의 최종 심사자들만 남은
듯한 분위기가 연출되고도 넘친다.

이참에 가상 미인 선발대회라도 열어볼까? 아차— 나까지
왜 이러지?

아무튼 그녀들 전부가 늑대들을 울부짖게 만드는 '달' 덩
어리임은 사실이다. 우선 나부터 정신 차리고,

"험험."

형님들! 의식에 신경 좀 쓰시라고요.

삐싱— 딱한 눈빛 한줄기를 날리자 그제야 정신을 차린 큰
곰이다. 그리곤 부러워 죽겠다는 얼굴로 내게 얼굴을 바싹 들
이댔다.

웬 친밀한 척?!

"…만약 이게 만화라면… 주인공은 바로 너!"

"허……."

당연한 말씀. 나 같은 초절정 완소남 아니면 감히 누가 주

인공을 하겠는가. 가만, 그럼 이때까지 뭘 본 거야?

묘하게 기분 긁네.

"하지만 우선 네가 이 여인 폭풍 지대에서 살아남아야겠지. 쿡쿡쿡."

큰곰이가 덩치에 어울리지 않게 음충한 웃음을 흘렸다.

"…여인 폭풍 지대라……."

나도 안다, 바미안에 형성된 한랭전선을.

그 한랭전선에 멜퀴까지 등장해 바미안이 바야흐로 빙하기에 접어들었음을. 하나 치리까지는 그렇다 처도 멜퀴는 엄연히 NPC다.

아무튼 모든 문제의 핵심에 내가 있음을 안다.

해결책은 단 하나!

나 자신이 누구에게도 치우치지 않고 공적인 역할에 충실하겠다는 것. 그런 의사를 분명히 미요와 치리에게 전달했다.

모두들 게임상 자신들의 컨셉에 맞게 행동하자고, 어차피 가상의 인간관계 아닌가.

레이디는 레이디답게, 메이드는 메이드답게, 로드는 로드답게, 그렇게 미요와 치리에게 내 의사를 분명히 밝혔다.

이에 둘 다 '바라는 바' 라는 답을 해왔다.

서로의 역할에 충실하자!

그런 선명한 합의가 이루어졌다.

그리고 이 자리에 그녀들은 그녀들의 컨셉에 맞게 분하여 나타나 주었다.

보라, 둘 다 그림같이 분해서 한쪽은 고아하게, 한편은 공손하게 서 있잖은가.

무엇이 문제랴?

그때 작은곰이 기사의 예를 표하며 말했다.

"아무튼 보는 재미를 제공해 줘서 고맙다. 네가 꺼진 불에 멜퀴라는 기름을 끼얹을 줄은 몰랐다. 장렬히 산화하거라—"

그러면서 전사자를 향한 슬로우 모션 경례를 붙이는 게 아닌가. 울먹이는 표정까지 첨부해서.

"…삼가 고인의 심심한 조의를 표합니다……."

더불어 큰곰이도 참을 수 없는 슬픔을 억누르는 듯한 표정을 그리며 같은 식의 경례를 하는 것이다.

갑자기 내가 관속에 드러누워 있는 영상이 떠올랐다.

"……!"

왜들 이래요, 내가 오늘 죽기라도 한단 말야?!

당신들이 이런 식으로 주인공을 놀리니까 주인공이 될 수 없는 거야. 나도 질 수야 없지.

나 역시 침울한 표정을 만들었다.

"전 형들이 주인공이 될 수 없는 이유가 뭔지 압니다."

"오호라? 주인공의 조언을 조연인 우리로서는 당연히 경청해야겠지. 유언 정도로 받아들여 주마."

후회할 텐데?! 까짓, 좋아!

"첫째, 가상에서조차 개선되지 않는 드럼통 실루엣!"

"허억!"

그려, 뜨끔할 것이다. 나는 찌르면 아프게 찌른다, 무지!

"둘째, 포샵 필터로도 고치기 힘든 원판!"

"허업!"

두 곰이 몸을 부르르 떨었다. 내가 너무 잔인한가?

에이, 우리 사이가 서로 상처 주면서 다져 온 사이인데 뭐, 이 정도쯤이야.

"셋째, 주연을 받쳐 주기는커녕 어떻게 하면 깎아내리려 궁리하는 극한의 쪼잔함!"

"흐으으······."

숨쉬기 힘들 것이다.

"넷째, 골렘 오너를 꿈꾸면서 모험을 나서지 않는, 용맹무쌍하다는 가상 1세대답지 않은 던.전.부.동!"

"커흑!"

둘은 몸을 비틀었다.

"즉, 비주얼 안 받쳐 주지, 스펙 떨어지지, 마인드 바닥!"

"···그, 그만."

나의 잔인한 마지막 일검을 받아라!

"오로지 내세울 것이라고는 가상 미인에 대한 쉼없는 탐색. 두 분의 컬렉션인 '하악 리스트'를 제가 모를 줄 압니까?!"

"…크읍!"

'하악 리스트'는 말 그대로 하악 리스트다, 상상하는 그대로. 큰곰이 소녀계라면 작은곰이는 누님계라는 차이만 있을 뿐이다.

서버에 무엇이 꽁꽁 숨겨져 있는지 동업자로서 알 수밖에 없었다. 평면 그림이라면 건강 청년의 애교지만 삼차원 화상 정보라면 그 사정이 다르다. 집요하게 정보를 모으지 않고는 만들 수 없는 구현이었으니, 이는 스토킹 수준이다.

'확— 까발린다.'

두 곰이 심장에 검을 맞은 것처럼 웅크렸다.

크리티컬이 제대로 들어간 것 같군.

이게 다 애정이 층층이 쌓여서 증오가 되었다는 말. 그러니까 왜 나만 미워하냐고요?!

두 곰이 웅크린 채 부르르 떨었다.

Quest

수련 기사.

'그래, 이제부터 공짜 던전엔 더러워서 안 들어간다. …반드시 우리 힘으로 골렘 오너 자격을 부여받아 보이겠어. 더불어 히든 클래스까지! 뿌드득.'

복지부동하던 두 기사는 영주의 통렬한 충고에 자신들을 가혹하게 단련하겠다는 각오를 다지게 만들었습니다. 두 기사는 자신들을 실험하기 위해 파편 전쟁에 참전키로 결의했습니다.

좋았어, 그렇게 분발하시는 겁니다.

가, 가만… 골든보이에 이제는 두 곰까지.

이 '미요 당원'들이 웬일이야?!

이거 노총각들이 서로 짠 거 아냐?!

아니나 다를까.

작은곰이가 웅크렸던 몸을 펴며 지나가는 투로 말했다.

"우리가 어지간하면 너를 이해하고 미요를 보호해 주고 싶었지만, 지켜보고 있자니… 열불이 뻗쳐서 도저히 가만 있기 힘들더라. 영주관에 멜퀴라는 저 아가씨까지 하나 더 늘어났으니 우린 더 이상 모르겠다. 일 저지른 당사자가 결자해지해야겠지."

"…결자해지라니요? 저 멜퀴는 NPC라고요. 언제부터 NPC가 영주관에 상주한다고 민감하게 반응하는 거죠?"

작은곰이는 허탈한 표정을 지으며 멜퀴를 바라본 후 내게 얼굴을 바싹 들이댔다.

얼굴엔 '너, 바보지'라는 전제가 당당하게 결려 있다.

"허허, 우리의 그간 교육이 이렇게 헛될 줄이야. 하긴 처음

접했을 테니까 네 반응이 이해는 간다만……."

"답답하게 무슨 말입니까? 저 멜퀴에게 무슨 문제가 있는 겁니까?"

"휴— 전에 설명했을 텐데 E&T는 전적으로 공짜 게임이야."

"압니다. 그것하고 저 멜퀴하고 무슨 상관관계가 있냐고요?"

"허허, 이 친구 보게. 아니, 동화율이 그렇게 높으면서 아직도 느낌이 안 와?"

"느낌? 느낌이야 멜퀴는 유저보다 더 유저 같은 NPC라는 거죠. 아주 잘 만들었어요. 어투가 얼마나 재수없는데요."

"잘 아네. 그래, 멜퀴는 유저 같은 NPC면서 NPC 같은 유저야."

"유저라고요? 좀 진지하게 설명해 주세요."

이거, 뭔가 내 상식을 벗어난 일이 일어나고 있다는 느낌을 지울 수가 없었다.

"휴, 전에 이야기했잖아. E&T의 수익 모델 중 하나 가운데 '완성형 유저'라는 게 있다고."

"완성형 유저… 앗!!"

작업장 첫날에 E&T의 전반적인 정보 차원에서 들은 기억이 떠올랐다.

완성형 유저. 간단하게 설명하면 게임사에서 유저들의 요청에 의해 만들어주는 '조제 캐릭'이다.

게임사에선 좋은 말로 맞춤형 캐릭이라 한다.

유저들이 작업장에 캐릭의 성장을 의뢰하는 것과 일견 비슷하지만 처음부터 완성된 능력이 주어진다는 점에서 갈린다.

감이 오지 않는다고?

완성형 캐릭의 대표적인 케이스를 들어보자.

게임이 제공하는 시나리오상의 특정 주인공이 되고 싶은 유저가 있다. 그것도 아주 완벽하게.

극단적인 비유로 배우가 원하는 배역을 사는 식이다.

시작부터 기사단을 거느리고 원정을 떠나는 왕자라든지 탑에 갇혀 용사가 구해주기를 기다리는 공주 같은 역할 말이다.

오랜 시일을 둔 성장의 재미보다 그저 잠시 잠깐 이야기 속에 등장하고 싶다는 극소수 유저의 욕구를 게임사가 수익 모델로 창출해 만들어낸 것이다.

게임사에 거액을 지불하기만 하면 극단적으로 드래곤 역할마저 할 수 있게 되었다. 당연히 게임 시나리오상 그 역할의 비중에 따라 게임사에서 매긴 가격은 천차만별이다.

처음 시작은 일회성 이벤트였다.

세상의 종말, 세계의 몰락, 전설의 잉태… 새로운 에피소드를 시작하기 위한 옛집 허물기 이벤트였다.

오늘부터 당신은 드래곤!

단 하루 동안 드래곤이 되어 왕국의 수도를 초토화시키고 한 나라를 지도에서 지워 버리는 상품이 2억이라는 거액에 나왔었다. 게임 막판, 서비스 종료 시점에 달하면 이런 식의 초토화 이벤트를 벌인다.

완성형 유저 유치는 개발자의 퇴직금이라는 이야기가 이래서 나온 것이다. 그렇게 막장 캐릭 판매로 시작했다.

하나 현재는 게임 초기부터 시나리오상 캐릭터를 유저에게 파는 게 정착화되었다.

그렇게 극소수 유저의 욕구를 충족시켜 주는 시스템이 완성형 유저인 셈이다.

이 완성형 캐릭은 게임상 흐름의 큰 줄기엔 관여 못하지만 잔가지에는 충분히 관여할 수 있다.

그러려고 유저가 그 역할에 거액을 지불한 것일 테고.

게임 밸런스 문제를 심각하게 훼손할 수 있지만 공짜 게임의 성립 조건엔 항상 이 조제 캐릭의 판매가 따라붙는다.

조제 캐릭의 능력이 막강할수록 게임 방향을 달나라로 보낼 수도 있다. 고로 이런 캐릭은 극소수로 한정되었고, 그 희소성만큼이나 고가에 거래가 이루어진다.

그리고 지금에 와서는 한 단계 더 발전해 작업장에서 성장시킬 수 있는 캐릭과 전혀 차별된 능력을 소유한 캐릭을 원하는 유저의 요구에 응할 정도가 되었다.

이 경우엔 전자인 시나리오 개입 캐릭보다 더 거액을 지불해야 한다. 형평성의 문제가 있으니까.

아무튼 둘 다 거액을 지불해야 하기에 완성형 조제 캐릭을 플레이하는 유저는 극소수일 수밖에 없다.

가상 사회의 부르조아라 불릴 수 있는 존재의 등장이다.

일반 유저들도 이렇게 게임을 즐기는 유저를 용인하고 있다.

아니, 반긴다.

이는 부자에 대해서 관대한 기풍이 유저들의 의식에 조성되어서가 아니다.

게임 흐름의 즉흥성이 배가되고 잔가지에 풍성한 내용이 있어 한마디로 가상 모험의 극대화가 가능하기 때문이다.

그리고 막강한 권능이 부여된 조제 캐릭과 친해지면 자다가도… 스탯이 떨어진다.

조제 캐릭이 그 게임에 서비스 초기부터 등장했다 함은 그 게임이 성공일로에 있다는 반증이기도.

E&T는 초반의 지지부진함을 떨쳐 버리고 현재 성공일로에 있다.

자, 그러면… 저기 연방 입이 찢어져라 하품하며 고양이 기지개를 쭉쭉 켜는 게 나와 같은 유저란 말?!

마침 건너편에 위치한 멜퀴와 눈이 마주쳤다.

연방 기지개를 켜다 눈물이 그렁 달린 촉촉한 눈으로 나를 바라보았다. 형형색색으로 변하는 풍성한 머리칼과 어울리며 일반 유저에게선 절대 찾아볼 수 없는 신비로운 매력이 뿜어져 나왔다. 기품까지 넘실넘실.

'…NPC답지 않아.'

그녀는 나의 탐색하는 시선에 시큰둥이 알은척을 해왔다, 입모양을 건성으로 '차오―'라고 만들며.

'전형적인 주인장 부재 모드…….'

멜퀴가 미요와 치리들을 볼 때 무관심하지만 그 시선의 기저엔 '나는 너희들과 사는 세계가 달라'라는 느낌이 느껴지는 건 나만의 착각?

'봉인이 깨어지고 나서 갑자기 바뀌어 버린 어투, 일반 NPC에게선 찾을 수 없는 권능에 가까운 능력… 아냐아냐, 그럴 리가…….'

순간 멜퀴를 업고 오며 등 뒤가 축축하게 젖었던 게 떠올랐다. 그땐 그저 침 흘리며 자는 NPC라 신기하다 여겼는데,

그러면…….

나는 미요를 찾았다. 알 수 없는 즉각적인 반응.

뾰족한 짙은 핑크빛 비단 구두, 어깨가 다 드러나는 연분홍색 드레스에 팔뚝까지 올라오는 하얀색 장갑을 낀 단아하면서도 화려한 귀부인 복장을 완벽하게 구현한 미요가 보였다.

단정하게 틀어 올린 머리 모양과 더불어 그 어느 때보다도 귀부인다운 도도함이 배여 있다. 그녀 역시 눈이 부시다.

대신 평소보다 가냘파 보이는 것이 걸릴 뿐이다.

마침 눈과 눈이 마주쳤다.

한데 무표정한 미요의 두 눈엔 나에 대한 원망은 물론 불쾌함조차 찾을 길 없다는 것이다. 아니, 그녀의 시선은 완벽하게 나를 통과해 뒤편의 벽을 보는 것 같다.

미요의 이 무관심하며 고고한 자태에 나는 가슴이 철렁 내려앉았다.

왜?

내가 바라볼 때면 고개를 갸웃하며 장난스레 웃어주는 귀여움이 사라지고 없어서다.

마치 구시대 마네킹 같은 NPC를 대하는 듯하다.

이것이야말로 완벽한 격리감!

…거짓말.

Act 02
점등식

機甲戰記

Massacre

기갑전기 매서커

　“영주님의 건승을 기원합니다.”

　“카불의 안녕을 지켜주십시오.”

　나는 신사들 사이를 누비고 있다. 그들이 나를 향한 예의는 깍듯하고 정중하다.

　바로 카불 영지의 주요 인사들과 상견례 중인 것이다.

　이곳에 모인 주요 인사들이란 NPC 영지민 가운데 ‘젠트리’로 분류되는 부유한 계층의 영지민들이다.

　한 달에 한 번씩 영주에게 퀘스트를 발생시키는 청원자들이다.

　뭐, 다들 무게 잡고 있지만 나에겐 단순한 고액 납세자들일 뿐이다.

고로 살가운 미소로 그들의 인사를 받아들였다.

인사와 동시에 그들이 내민 청원서를 하나하나 받아 퀘스트 목록에 쌓아두었다. 퀘스트가 마르면 내가 직접 해결해도 되고, 내가 영주로서 가신단 또는 유저들에게 퀘스트로 제공해도 된다. 그러니까… 팔 수도 있다.

'아싸, 퀘스트 48개 수집 완료!'

공짜 퀘스트를 이렇게 수집할 수 있다는 게 감개무량하다고나 할까. 아무튼 이런 젠트리들을 배출하려면 영지를 발전시킬 수밖에 없는 것이다.

바미안과 쿤두즈엔 이런 젠트리가 단 한 명도 없다.

아바타르들이 카불에 얼마나 많은 정성을 기울였는지 알 수 있는 대목이다. 그래서 파괴하지 않고 넘길 수 있었던 것이리라. 물론 잠시 맡겨둔다는 자기최면을 걸었겠지만.

아무튼 세레머니는 막바지로 향해 치달았다.

"레이디 미요."

"……."

내가 건넨 손에 닿을 듯 말 듯 자신의 손을 올리는 미요. 그녀의 눈은 앞만 보고 있다.

아, 이 서먹함.

아무튼 영주가 영주 부인을 에스코트한 상태에서 오늘의

최종 목적지인 기사탑에 올라 모종의 장치를 활성화시키면 오늘의 행사는 끝이 난다.

'빨리 끝내고 싶다!'

무표정한 미요의 손을 살며시 올려 잡은 상태로 한 계단 한 계단 올라갔다. 손등에 살며시 걸쳐진 미요의 손에선 차가운 한기만 전해질 따름이다.

부르르르— 알 수 없는 소름이 등골을 타고 올라왔다.

전 같으면 발 장난을 걸어도 한참을 걸었을 텐데…….

미요는 단 한마디도 하지 않고 있다.

나도 할 말 없다.

몰랐다 한들 구차한 변명이리라.

그리고 알았다 한들 별수없잖아.

그래도 역지사지의 입장을 견지해 보자면 이건 아니다.

나는 여동생이 둘이나 있다. 그녀들의 학창 시절 연애 상담을 밤새도록 들어주는 착한 오빠가 바로 나란 말이다. 심지어 내 여동생을 울린 놈을 찾아 골목 어귀에서 잠복까지 했다.

멋지지?

물론 여동생이 겁나게 사나워서 집에 숨어 있었다는 이야기를 듣곤 그 가련한 친구의 어깨를 다독여 주는 것으로 여동생의 청부 사건은 허탈이 끝이 났지만… 그러니까 여자들의 지독한 독점 심리를 '쬐금' 이해하는 편이다.

이해한다면서 어떻게 그런 만행을 저지를 수 있냐고?

착각하지 마라!

이곳은 가상의 사회다. 현실의 인간관계를 대입하면 곤란하다. 그래도 잘못했다고?!

'잘못했다니까—?!'

…그래, 나 자신의 합리화는 그만두자.

일단, 역지사지 모드로 전환.

자, 여기서 서로의 역할에 충실하자고 해놓고 멜퀴라는 여성 유저를 끌어들였으니 미요와 치리가 나를 어떻게 생각할지 뻔했다.

아무리 가상이라지만 새로운 여친을 위해 거리를 두려는 삼류 바람둥이의 구차한 수순 밟기인 셈이 아니고 무엇이랴.

게다 멜퀴는 가상 사회의 최상위 부르조아!

그림이 그려지는가?

부자 여인에게 알랑거리는 엉덩이 가벼운 남자를.

내가 바로 딱 그 모습으로 비추어질 테지.

한마디로… 지조없는 놈!

제길, 계단이 많기도 하군. 언제 이 의식이 끝이 날까.

나는 용기를 내서 미요를 살짝 훔쳐보았다.

틀어 올린 머리로 인해 드러난 가느다란 목, 그 여린 선은 밖으론 좁고 둥근 어깨 안으론 도드라진 쇄골을 타고 부드러운 가슴골로 이어지는 것이 아찔하다.

가슴이 갑자기 꿍딱꿍딱거려 왔다. 이는 전에 없던 반응.

빌어먹을 인공지능이 분위기 파악도 못하고… 농담할 기분 아니거든―!

아, 추억만 새록새록.

처음 만나 형제 상점에서 투닥거릴 때도, 하수도 던전에서 아슬아슬하게 붙어 다닐 때도, 고양이 귀를 달고 필드를 누빌 때도, 감옥에 숨어들어 억지 입맞춤을 했을 때도 지금처럼 가슴이 울렁거리지는 않았는데…….

'이건 가상이야,'라고 부인했는데 오늘따라 왜 이러지?

인정하자. 미요를… 의식하고 있었음이다.

좋아, 겸손한 인간이 되어 반성해 볼까.

막간 추억의 리와인드!

굳이 돌이켜 보자면 지금까지 나는 이성 문제로 골치 썩어 본 일이 없었다.

자랑 아닌 자랑이지만 헤어져야 할 때 헤어질 줄 알았기에 한 대상을 놓고 상사병에 걸릴 일 자체가 없었단 말이다.

나의 첫사랑은 고등학교 2학년 때 찾아왔다.

또래 가운데 제일 늦게 찾아온 셈으로, 6살 때부터 시작된 정규 학습 과정상에서 보면 16살 초여름이었다. 그때까지 연인을 만들지 못한 나는 거의 친구들 사이에 왕따 상태였다.

유치원부터 대학까지 남녀공학을 관통하는 자유로운 연애 분위기 속에서 정말 드문 일이 아닐 수 없었다.

내가 숫기가 없어서가 아니라 이성을 상대로 심장이 뛰지 않아서였다. 그러다 심장 뛰는 상대가 드디어 나타났다.

지금은 얼굴도 가물하다.

하나 남자로 하여금 결심하게 만드는 미인이라는 것은 확실하다. 그 청춘의 열기가 내 뇌 속을 휘저었다.

그렇게 나를 미치게 만들었던 그 상대를 손에 넣기까지 온몸이 뜨거운 몇 날 며칠을 잠 못 이루며 보내야 했다.

그리고 깨달았다, 휴가철 그녀의 빈집에서.

여성의 육체를 정복하는 것은 나에게 전혀 어려운 일이 아니라는 것을. 상대도 마찬가지로 생각할 테지만.

참으로 대담한 시기!

아무튼 첫사랑의 감미로운 신비감은 성을 알게 되자마자 빠른 속도로 무너져 내렸다. 물론 이는 당시 상대에게도 일면의 책임이 있다. 서로에 대한 탐닉의 정도가 지나친 면이 있었다.

그렇게 화끈한 여름을 보낸 뒤부터 나는 나의 남자로서의 능력을 과신하기에 이른다.

넘쳐 나는 호르몬의 자극을 진정한 가치판단의 기준으로 착각하지 말자는 웃기는 나름의 논리로 무장한 채.

차가운 바람이 들며 첫사랑과의 관계가 소원해지면서 나

는 다른 소녀들과 접촉을 시도했다. 거의 갈구에 가까운 수준으로 수컷 호르몬이 중추신경을 장악한 때라지만 어떻게 그렇게 뻔뻔할 수 있었는지 지금 생각해도 내가 아닌 것 같다.

늑대, 그 자체였다.

뭐, 나만의 문제가 아닌 학원 전체를 관통하는 분위기가 딱 그랬다.

아무튼 가만있어도 몸에서 빛이 나던 시기인지라 나의 이성에 대한 갈구는 금세 역전되어 주변의 모든 소녀들이 나에게 매료되었다. 매료라… 고급스러운 단어지만 그때를 회상하면 정확한 표현이리라.

나를 지탱하는 '자뻑 모드'가 완성된 시기가 아마 이때이리라.

그렇게 여러 여성들과 감사한 파고(波高)를 경험한 뒤로 나는 아무 미련 없이 여인들과 헤어질 수 있게 되었다.

미인 앞에서 냉담할 수 있는 공력을 이때 다 쌓았다 해도 과언이 아니다.

그런데, 그런 내게 지금 벌어진 일은 믿어지지 않는 현상이 아닐 수 없다.

이 지오가 여성을 두고 고민하다니, 의식하다니… 그것도 가상에서 만난 인물을 놓고.

서, 설마… 미요를 사랑하고 있는 게 아닐까?

있을 수 없는 일!

…글쎄, 강하게 부인하지만 최소한 그녀의 헌신에 대한 남자로서의 의리가 생긴 것임은 인정해야겠다.

애정의 문제가 아니라 신의의 문제.

나의 어떤 면이 그녀를 헌신하게 만들었는지 알 수는 없다.

워낙 매력적인 장점이 많은 나니까.

어쨌든 나는 그녀가 원하는 의리를 지키지 못했다. 가상이라는 변명을 방패로 내밀곤 있지만 아닌 건 아닌 거다.

알 수 없는 죄스러움에 절로 고개가 숙여졌고 시선은 자연스레 미요의 턱 끝 아래 가슴으로 향했다.

귀부인 드레스 특유의 타이트함으로 유혹적인 곡선이 매력적이다.

……!

…가만, 미요의 가슴이 급하게 오르락내리락 씩씩거리는 게 엄청 화를 삭이는 모양새다.

미요가 화나 있다. 그녀를 화나게 만든 건 바로 나.

순간적으로 드는 상념 하나.

…희망은 있다.

냉담히 모른 척하지만 그녀는 나를 여전히 의식하고 있음이다.

자연 잡은 손에 힘이 들어갔다.

'화 풀어…….'

미요는 약간 멈칫하더니 무시하고 계단을 디딜 뿐이다.

냉담하게 앞만 주시한 채 싸늘하게 내뱉었다.

"내가 어지간해선 참으려 했는데……."

"……?"

그래, 참지 마. 분노를 담아 한 대 날려!

네 마음이 풀린다면 이런 세레머니 정도는 날려도 좋아ㅡ!

이딴 허식 따윈 필요없어!

"그만 내려다보고 앞만 보시죠!"

"…협!"

…그, 그 때문에 화난 거야?!

"흥ㅡ!"

제, 젠장. 사람을 어디다 취직시키는 거야?!

*   *   *

누굴 승가 마니아 취급이야.

그 덕에 두근거림이 사라지며 행사에 집중할 수 있었다.

신경질적으로 엄한 계단만 꽉꽉 눌러 밟았다.

쪽팔리게 첫사랑 때의 감상이나 들추고… 요즘 현실의 이성을 접해본 지가 꽤 되어서 이런 현상이 벌어진 걸 거야. 도운 안 되는 수컷들과 너무 오래 있어서 그런 거지.

암, 두 노총각의 수컷 호르몬 분출이 대단하긴 대단하지.

심각하게 생각하지 말자고.

'이 지오님이 가상 미인에 취할 리가 없어, 암.'

그렇게 마음을 다잡으며 한 계단 한 계단 짚어 올라가는
데……

따끔!

손등을 타고 찌릿한 통증이 타고 올라오는 것이다.

……?

통증의 시작점인 내 손등엔 순백색 장갑을 낀 미요의 손만
기품있게 닿을 듯 말 듯 걸쳐 있을 뿐이다.

뭐지?

다시 계단을 딛자,

따끔ㅡ! 찌릿!!

이거 장난이 아니다. 계단에 트릭이 설치되어 있나?

위기의식이 살아나며,

> 매서커 지오가 동화율을 55%로 지속 유지합니다.
> 이에 근접 위기 감지 능력이 감각적인 활성화에 들어갑니다.
> '학살의 아우라'와 연동해 당신을 위해하려는 존재가 반경 3ㅁㅁ미터
> 안에 들어오면 알려줍니다.

> 기사탑을 통틀어 당신을 노리는 적은 없습니다.

그럼 뭐냐?! 이 따끔거림은?

> …대신 '로그 마스터'의 금고 따기를 탐지했습니다. 로그 마스터답지 않은 어설픈 시도. 이거… 감정이 실려 있네요. 하지만 귀중품 점검을 권합니다.

잉?!

그제야 미요의 손가락 사이에 끼워진 은색의 가느다란 '실 핀'이 반짝거리는 것이다. 흉기(?)는 가느다란 실 핀이란 말인가?!

계단 하나를 디뎠다.

따끔, 찌르르르—

아니, 이 여자가! 감정이 실려 있는 게 장난이 아니잖아.

…그렇다면 방법이 있지.

신음이 절로 새어 나오려는 걸 누르고 동화율을 내렸다. 그리고 뒤따라오는 다른 지오 캐릭의 동화율을 끌어올리는 식으로 매서커 지오의 동화율만 대폭 떨어뜨렸다.

동화율, 급전직하!

> 매서커 지오의 동화율이 3%에 달합니다.

이 정도면 거의 콩콩 강시 수준이지. 감히 실 핀 따위로…
유치한지고.

사나운 따끔거림은 무딘 뜨끔거림으로 바뀌어 계단 딛기가 한결 나아졌다.

그러자 한줄기 사나운 음성이 머릿속을 파고들었다.

[어쭈, 그딴 식으로 이 미요님의 징벌을 피해보시겠다?! 당장 동화율 끌어올리지 못해!]

"허!"

머릿속을 흔드는 것은 '담장 아래 도둑들의 작당' 이라는 로그 전용 의사 전달 스킬이다.

[내가 로그 마스터라는 걸 그새 잊은 거야? 그래, 멜퀴라는 병맛이 머릿속에서 속삭여 주니 달콤하디?]

"허끅!"

[동화율 끌어올리는 게 신상에 좋을 거야. 나 무지 화났걸랑.]

"……."

그런데… 이 미요의 심통 가득한 목소리를 들으니 내 속 깊은 곳에서 알 수 없는 안도감이 밀려오는 것은 무슨 조화란 말인가. 난… 안도해하고 있다.

> 매서커 지오의 동화율이 52%에 달합니다.

…말도 잘 듣지.

따끔, 찌리리릿—

아뜨뜨, 아파!

그래, 최종 종착지가 바로 눈앞이다. 조금만 참자.

이제 와서 세레머니를 망칠 수야 없지. 그런 거야.

[조, 좋아. 자신이 지은 죄가 무언지는 알고 있군. 우선 이 계단부터. 이 계단은 젖.소. 치리로 인한 나의 분노.]

"⋯⋯."

너의 분노⋯ 인정한다.

[이건 노출광 멜퀴로 인해 뭉개진 나의 자존심.]

"⋯⋯."

멜퀴의 스타일이⋯ 특이하긴 특이하지.

[내 몸을 힐끔거리는 슴가 매니아에 대한 응징!]

"⋯⋯."

제대로 된 불평을 하라고ー!! 은근히 그런 시선 즐겨놓고는.

암튼 참기 어려울 정도로 아프잖아.

농담 아니다. 눈물이 핑 돌 정도라니까.

[⋯음, 또 뭐 있지? 그래, 너로 인해 재발한 생리통!]

"⋯⋯."

아놔⋯ 뭔 말이야?! 갖다 붙일 걸 갖다 붙여라ー

[또 뭐 있더라? 나를 말라깽이라 놀린 모든 사람들에 대한 복수!]

"⋯⋯."

역시… 빈유(貧乳) 컴플렉스가 있었어.

[그래, 또 있어. 게이 취급받게 만든 죄! 내가 게이냐? 내가
게이야—?!]

"으……"

미쳐! 차라리 날 죽여라, 죽여!

한 계단 한 계단이 지옥이 따로 없었으니 '억지여사' 다운
미요였다. 이런 식이면 내가 이 세상 여자들이 받은 '마음의
상처'의 최종 집결지가 되고 말 터이다.

끝이 보이지 않았다. 계단의 끝이 눈앞에 가까워 왔음에도
아득하게 멀리 보이는 것이다.

……!

그때 문득 한 가지 상념이 찾아왔다.

이것은 고통을 극복한 다음 찾아오는 깨달음의 서광?

부부는 서로에게 상처를 주면서도 서로의 손을 놓지 않고,
끝이 보이지 않는 계단을 함께 오르는 것이 아닐까, 라
는…….

…별생각이 다 든다.

하지만 집에 가면 부모님께 확인을 받을 생각이다.

나는 그렇게 마음을 비우고 정면을 의연하게 바라보았다.

이 의연함이 미요를 자극했음인가, 미요의 통렬한 외침이
머릿속을 파고들었다.

[바람둥이는 모든 여인의 적! 전 세계 여인들을 대신해 너

를 응징하노라─!]

"크읍!"

찌리릿─! 척추를 관통하는 고통이 엄습했다.

그런데 말이다, 그 고통 속에서도 전혀 동화율을 떨어뜨리지 않는 나도 이상하다.

아니, 오히려 78%까지 끌어올려 놓고 있잖은가.

내가 이다지도 그녀에게 성실했던가?

혹시 내게 감추어진 SM 기질이 있어서?

말도 안 돼!

드디어 마지막 계단, 라스트.

[이건 그럼에도… 네 앞에 있는 나의 한심함에 대한 저주. 흑…….]

"……!"

머릿속이 텅 비어왔다.

마음 깊숙한 곳에서부터 아려온다.

*　　　　*　　　　*

매서커 지오의 순간 동화율이 88%에 달합니다. 극통의 인내로 신경 계통에 위험이 감지됩니다. 동화율을 낮추길 권합니다.

거부한다. 그저 지금은 그녀의 마음을 달래주고 싶을 뿐이다.

뉘들이 인간의 마음을 알아?

아직 인간의 감정 영역은 인공지능 따위가 학습할 영역은 아니군. 그래, 많이 혼란스러워해라.

마지막 계단은 턱없이 높았다. 바지를 입은 내가 간신히 오를 정도.

내가 먼저 성큼 올라서며 자연 에스코트한 손이 떨어졌다.

그리고 돌아서며 미요를 정면에 담았다.

가로막는 식이 되어버려 미요의 눈이 불안하게 흔들렸고, 눈가에는 투명한 것이 그렁그렁 맺혀 있다.

잠시간의 미적거림에 나를 올려다보는 미요의 눈에 원망과 분노가 뒤엉겨 일렁거렸다.

더 이상 나를 관통해 벽을 보는 눈은 아니었다.

화가 최고조에 이르렀는지 손끝이 파르르 떨리고 있었다.

미요만 계단 아래 둔 채로 의식을 끝내 버릴 수도 있다.

그렇다, 여기서 돌아서면 미요와 나와의 관계는 그것으로 끝날 수 있는 것이다.

나는 아무 말 없이 두 팔을 뻗어 미요의 허리를 붙들었다.

……!

미요는 깜짝 놀란 눈으로 나를 올려다보았다.

번쩍 들어 올렸다.

'…과연 이것이 인간의 허리인가?'

가뿐하게 들어 올려 기사탑 정상에 미요를 살며시 내려놓았다.

미요는 얼굴이 발그레 상기되어 고개를 모로 돌리며 푹 숙여 버렸다. 어깨가 가늘게 떨렸다.

나는 도저히 그런 그녀에게 상처 줘서 미안하다는 말은 쪽팔려서라도 할 수 없다. 나와 미요는 아무 말 없이 땅만 보고 서 있을 뿐.

…….

솔직하자!

그녀는 항상 나를 보고 있었다. 그녀의 시선 속에 내가 없다는 것을 알고 지금 얼마나 화가 났던가.

나는 나도 모르게 미요를 당겨 끌어안았다. 미안하다는 말 대신에…….

점등 의식이고 뭐고 생각나지 않았다.

미요가 거칠게 잠시 버둥거려 왔지만 금세 잠잠해졌다.

내 가슴에 얼굴을 묻은 채로 다시금 고요한 몇 초가 흘렀다.

부드러운 바람이 흘러들어 왔고 들꽃 향기가 나는 것 같다.

심장의 두근거림은 잦아들었고, 대신 따듯함이 한가득 채워져 왔다.

지오, 가상의 여인에 취하다!

…아무려면 어때.

미요의 가느다란 팔이 목을 휘감아왔다.

그렇게 입술과 입술이 맞닿았다.

16금, 18禁, 19금…….

…매서커 지오의 순간 동화율이 98%에 달합니다. 사상 최고치를 갱신했습니다. 레이디 미요의 동화율과 연동 중입니다. 두 유저의 감정 이입 상태가 인공지능에 과부하를 주고 있습니다. 감당할 수 있는 스킨십 정도를 넘어서고 있습니다. 인공지능이 부하를 감당할 수준이 아닙니다.

누가 감당하래?

내가 감당할 일이잖아. 무어라 하든 신경 껐다.

過負荷, 과부하! Overflow, 오버플로! Warning, 워닝!

시끄럽게 떠들수록 떨어지기 싫다. 이 좋은 걸…….

긴급 강제 개입! E&T 인공지능 관리팀입니다.
떨어지십시오! 떨어지세요!! 너무 뜨겁잖아요?!

나, 타 죽을란다. 제발 냅둬!!

서버 안정과 도시 인공지능 보호를 위해 강제로 15초 이전으로 돌립니다. Back Time. 보상은 추후에 이루어집니다. 징한 커플!!

어?!
백 타임?
누구 마음대로―?!
어, 어? 정말로 강제로 막 떨구네.
우씨… 내 감정 돌리도!

아니, 내 청춘 돌리도―!!

Act 03
도시 인공지능

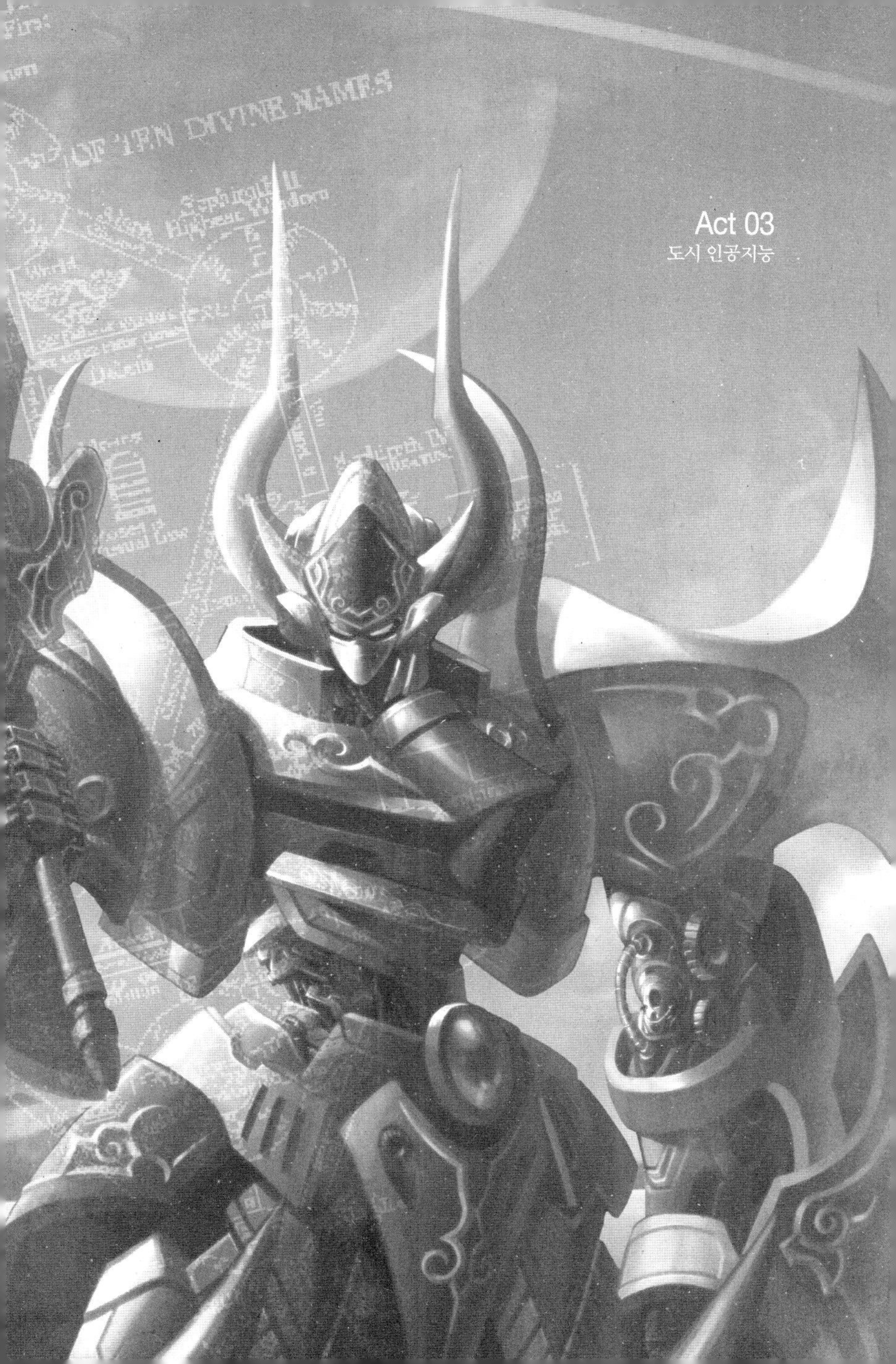

機甲戰記
Massacre
기갑전기 매서커

삐르르르륵—

필름이 뒤로 감겼다. 달콤했던 순간이 모두 거꾸로 돌아가
더니 탑 최상층 입구에 들어선 에스코트 상태에서 정지했다.

이런 장면 자체가 없었고, 위치까지 좌우가 바뀐 채다.

인공지능이 급하기는 급했나 보다.

> **인공지능의 안정화에 협조해 주셔서 감사합니다.**

달끈한 아쉬움보다 부끄러움에 얼굴이 후끈 달아올랐다.

주례사 앞에 선 속도위반 신랑 신부의 어정쩡한 장면이 이럴까. 아무렴 어때, 얼마 만에 드러내는 감정이냐.

나 이제부터 솔직해지련다.

막 자세를 틀어 다시 몰입하려는 찰나, 내 손등 위에서 미요의 손이 아쉬운 듯이 떨어져 나갔다.

그녀의 얼굴은 귀밑 뿌리까지 붉게 달아올라 있었다.

아아, 이럴 수가. '징벌 계단' 의식이 이로써 끝난 것이라니.

미요와 나와의 화해(?)는 우리 둘만의 기억에만 남을 뿐이란 말인가. 빌어먹을 백 타임!

이건 소송감이다. 세상이 어떤 세상인데 백 타임이란 말이냐.

E&T 딱 걸렸어. 유저 커뮤니티에 터뜨리고 말 테다.

감히 유저들의 시간을 물로 보는 거야?!

어떤 보상을 해준다 해도 받아들일 수 없어!

코로 뜨거운 열기가 뿜어져 나오기 직전. 사람들이 술렁이는 효과음이 나더니,

Lord

카불 영지민의 첫 반응.

'다정다감한 에스코트는 신사다움의 절정이야.'

'오호, 영주가 사납고 거칠기만 인물은 아니로세.'

'기품있는 부부⋯⋯.'

로드 매서커 지오와 레이디 미요는 세레머니 내내 평균 동화율 5ロ%

이상을 유지하며 점등의식을 진지하게 수행했습니다.

참으로 다정한 모습이 아닐 수 없습니다.

이에 카불인들에게 깊은 인상을 심어주었습니다.

도시 여성들의 영주에 대한 호감도가 증가했습니다.

아무래도 좋다니까! 내 청춘! 내 감정!!

Lord

모범 부부.

'최상의 모범. 한 영지의 영주는 그 영지 최고 신사죠. 영주 부인 역시 그 영지의 최고의 숙녀입니다.'

그렇습니다. 영주 부부는 모든 영지민의 모범이죠.

당신은 오늘 최고의 모범적인 부부상을 바미안, 쿤두즈, 카불 전 영지민에게 선보인 것입니다. 새로운 영주에 대해 의문을 품던 카불의 영지민들이 오늘 보여준 다정한 부부상으로 인해 밑바닥에서부터 출발해야 하는 호감도가 레벨 1ロ에서 시작하게 되었습니다.

※백 타임 보상과는 별개입니다.

기가 막혀 눈물이 다 나오련다.

이봐요, 속사정 좀 헤아려 보라고요?! 내 청춘! 내 감정!!

Lord

당신은 우리의 자랑.

'3개 영지민들이 공통적으로 당신에게 거는 기대는 상당합니다.'

카불에서의 진중한 의식 진행으로 바미안의 영지민들이 당신을 자신

들의 자랑으로 여기기 시작했습니다.

베스트 커플을 배출한 바미안의 신뢰도가 급상승했습니다.

그리고 쿤두즈의 신뢰도에도 영향을 주었습니다.

영주 레벨이 올랐습니다. 영주 레벨은 25입니다.

영주 레벨이 올랐…….

…영주 레벨이 34가 되었습니다.

영주 포인트 1,000이 주어졌습니다.

폭렙? 다 좋다. 그런데 이런 걸 뭐라고 해야 하나?

…뺨 치고 키스해 주기? 키스하고 뺨치기?

*   *   *

허탈이 멍해 있는데,
뿌오오오옹오오—

Lord

남작위 추대.

'바미안의 영주, 매서커 지오가 남작위에 봉해졌습니다.'

매서커 지오, 일개 모험가에서 스스로의 힘으로 일가를 이루었습니다.

이슈타르 제국 의문의 멸망 후 작위제는 유명무실합니다.

하나, 이슈타르인들은 당신을 당당한 한 지역의 패자로 인정하여 남작위에 추대했습니다.

이것은 이슈타르인들 마음속 깊은 곳의 승복인 것입니다.

당신이 자신들을 위해 봉사해 주길 바라는 소망이기도 하죠. 이슈타르인들의 이 작은 열망을 저버리지 마십시오.

이제부터 당신은 '바미안 남작'입니다.

헛 껍데기 명함은 아니겠지?

Lord

이슈타르의 남작위.

통합 영지 관리 시스템이 가동되었습니다.

1. 영지 내에 있는 이슈타르인들을 호감도, 신뢰도, 충성도에 상관없이 1년에 1주일간 부역에 종사시킬 수 있습니다.

   당연히 가혹한 부역이라도 호감도, 신뢰도, 충성도에 영향을 주지 않습니다. 이는 떠돌이 개척민도 예외 없습니다.

어, 그래? 그렇다면 막 굴려주지.

2. 개척촌의 발전 속도가 10% 빨라집니다. 개척촌, 부락의 영지에 대한 의존도가 3% 늘어납니다. 떠돌이들이 영지에 안착할 확률이 그만큼 증가하게 되는 것이죠.

세금 내는 영지민들이 늘어난다는 말을 빙빙 돌리기는.

3. 영지민들의 몬스터에 대한 공격력이 3% 증가합니다.

고럼, 나의 영지민들이 쉽게 맞고 다닐 수야 없지.

ㄴ. 영지민들의 생산력이 3% 증가합니다.

내게 세금을 내려면 더 열심히 일해야지, 암.

5. 영지민들이 영주와 가신들에게 귀족을 예를 취하고 신사의 예로
   대합니다. 더 이상 당신을 이방인 취급하지 않습니다.

그래, 그간 서러움이 이만저만이 아녔어. 거만한 것들.
이제야 사람 좀 알아본다는군.

5. 자유 상단의 영지 방문이 두 달에 세 번에서 한 달에 두 번으로 늘
   어납니다.

영주는 영지를 방문하는 상단을 상대로 삥을 뜯을 수 있다.
…조금만 뜯을게.

7. 영주 레벨이 성장할 때마다 가신단에게 영향을 미칩니다. 보너스
   스탯이 3씩 주어집니다.

내 옆에 있으면 자다가도 스탯이 떨어진다는군.

누구도 나에게서 벗어날 수 없어!

---

8. 마을 축제를 개최할 수 있습니다.

영지민들의 사기를 고취시킬 수 있는 가장 효과있는 전통적인 방법입니다.

팁:마을 축제를 영주가 후원하면 영지민들의 만족도가 빠르게 증가합니다.

…….

---

12. 사교계에 바미안 남작이 정식으로 등재되었습니다.

6개월에 한 번, 고귀한 이들을 초대해 무도회를 열 수 있습니다. 그들은 당신의 초대장을 거부할 수 없습니다.

마찬가지로 당신이 고귀한 이들의 초대장을 받게 된다면 참석해 예의를 지켜야 합니다.

팁:고귀한 이들의 평가도 영지 발전을 가늠하는 중요한 척도입니다.

사교계니 무도회 개최에 대해 시큰둥이 그러려니 하는데, 옆에서 엄청 흥분한 에너지가 출렁거리는 것이다.

"꺄아— 내가 남작 부인이 되었어. 어쩜, 레이디 포인트도

1쓴 더 늘어나고. 게다 새로 나온 흑진주 세트로 치장할 수가 있다니……."

다 제 덕입니다.

"꺄아—!! 어쩜 좋아, 이 미요님이 무도회를 개최할 수 있게 되었어요."

그러니까 고마워하라고요.

"콧대 높은 귀부인들이 다과회를 유치한다고 성화여서 얼마나 자존심이 상했는데, 생각지도 않게 무도회라니… 랄랄랄, 무도회라네~ 이 미요님의 화려한 사교계의 데뷔가 이렇게 이루어질 줄이야. 역시 남편의 성공은 아내 하기 나름이야~"

어이, 약간 듣기 거북한데. 진도 너무 나가는 거 아냐?!

"당장 준비해야징— 아이, 가슴이 두근두근, 콩딱콩딱……."

"……."

저, 저기요? 벌써 화가 풀린신 겁니까? 너무 빠르지 않나요?

팔짝 뛰는 미요를 멍한 눈으로 바라보자, 언제 방방 그랬냐는 듯이 정색하며 나를 노려보는 미요.

"순순히 내 처분을 받아들이는 자세는 좋았어. 하지만 내 분노가 다 풀렸다고 착각하면 오산이야. 무도회 때 한눈팔면 죽어?! 흥—"

어련하시겠어요.

그러곤 미요는 몸을 팩 돌려 탑루의 가장자리로 이동했다.

하지만 입가에 살짝 드리운 부드러운 미소의 선을 내가 잘 못 보지는 않았으리라.

'이제 좀 풀리우?!'

미요는 창가에 서서 콧노래를 흥얼거리며 가느다란 허리를 살랑거렸다. 그녀의 발랄함과 장난기가 돌아온 것이다.

그녀는 석양의 편린을 받아 여신처럼 빛이 났다. 그녀에게 다시 빛이 돌아온 것이다.

유아 마이 선샤인(You are my Sunshine)!

그제야 나는 완벽하게 긴장이 풀렸다.

헉헉, 극통을 참으며 동화율을 유지하느라 급박해진 숨이 이제야 한꺼번에 몰려왔다. 무려 98%까지 높였지 않은가.

사나이 진심이란 이런 거다.

그래서인지 건강창에 나타난 칼로리 소모치가 제법 높다.

나 같은 빅! 유저에겐 이런 애교 같은 서비스가 제공된다. 어떤 흔적이 남았을까?

어디,

오늘의 칼로리 소모 : 보리밥 한 공기의 칼로리를 소모했습니다.

…보리밥 한 공기.

울고 싶은데 기어이 웃기는구나. 백 타임을 하더니 기어이 맛이 갔어.

빌어먹을 인공지능.

*　　　*　　　*

진정, 진정.

기사탑 최상층, 수박만 한 흑녹색의 마법구가 바닥에서 둥둥 뜬 채 우리를 기다리고 있었다.

이제 세레머니의 마지막 단계만 남은 셈.

"도시 조명 시설의 중심이 이것이란 말이지?"

마치 등대를 연상케 하는 모습이다.

천천히 심호흡을 가다듬으며 그림 같은 카불의 도심을 내려다보았다.

자유 도시의 번화함을 축소해 옮겨놓은 듯 아기자기한 건물들이 제각각의 개성을 뽐내며 옹기종기 모여 있다.

건물 벽이 해질녘 쥐어짠 듯한 오렌지색 석양을 받아 황금빛으로 반짝였다.

가상에 취한다는 말을 이럴 때 쓰지 싶다.

그리고 이런 절묘한 그림에 알 수 없는 뿌듯함이 밀려왔다.

'이게 전부 내 소유란 말……'

영주시라면 이 정도는 돼야지. 좋아, 좋아.

그렇게 생각하니 묘하게 가슴 한가운데가 뜨겁게 달아올랐다. 정복자가 된다는 것이 이런 게 아닐까.

더불어 바로 옆에선 노을빛을 한가득 받아들인 미요가 빙글빙글 자기 흥에 취해 춤을 추고 있다.

　'이 광경만큼은 잃고 싶지 않다'는 욕심이 자리했다.

　그렇게 감상에 취해 있는데 도심 광장에서 두런두런거리는 소음이 올라왔다.

　의식의 마지막인 도시의 조명을 밝혀 달라는 NPC 상인들의 두런거림이었다.

　아차차, 풍경에 취해 있을 때가 아니었다. 시간을 제법 끌었다.

　수박 크기의 백색 마법등에 손을 얹었다. 그리고 마법등의 표면에 새겨진 문구를 읽어나갔다. 친절하게 한글이다.

　"나 카불의 신임 영주 지오는 영주로서 첫 임무를 지금 시작하고자 합니다."

　후우웅―

정중한 권고.

당신은 '도시 인공지능'을 처음 호출했습니다.

도시 인공지능 '카불'은 도시 발전과 함께했기에 아바타르에 대한 충성도를 여전히 유지하고 있습니다. 명령을 따르겠지만 이전 통치자와 당신의 통치 행위를 비교하길 서슴지 않을 것입니다. 정신 건강을 위해 리셋을 권합니다.

복병 등장일세.

밑에 마법등이 들어오길 기다리는 이슈타르인들이 있는데 어느 세월에 리셋하고 다시 시작할까.

재수가 없으면 얼마나 없을라고. 나도 '한 재수' 하거든.

"리셋 거부, 도시의 주인으로서 도시 인공지능 카불에 명령을 내리겠다."

도시 인공지능 '카불'은 도시의 역사입니다.

도시 경영 학습이 훌륭하게 되어 있습니다. 약이 될지 독이 될지 영주인 당신의 역량에 달렸습니다. 건투를 빕니다.

지금부터 도시 인공지능 '카불'로 전환합니다.

마법구에서 영주성의 그림이 입체영상으로 떠올랐다.

Lord

도시의 등대 : 카불.

'당신은 도시의 정당한 주인입니다. 기사탑은 당신의 명령을 따를 준비를 모두 마쳤습니다.'

'복종하지만 충성하지 않습니다.'

확실히 아바타르들이 공들여 만든 도시라 그런가, 이 도시의 인공지능의 어감이 상당히 시비조군.

동화율에 따라 도시를 밝히는 가로등의 개수가 결정됩니다. 전 영주의 직업은 메이지로, 최대 점등 개수는 128개였습니다.
하나, 당신은 순수한 기사!
밝힐 수 있는 가로등의 개수가 적으면 영지민의 신망을 잃을 수도 있는 것이죠.
상견례 차원의 배려로 가신단 가운데 메이지 캐릭터의 협력을 구하시길 권합니다.
가신단의 협력을 구하시겠습니까?

"필요없걸랑. 이 몸은 그 자체로 동화율 덩어리!"
그러자 허무감이 가득 담긴 어투로 카불이 응했다.

보기 드문 자존광대 캐릭. 카불 시민들의 미래가 암담하구나…….

어! 이놈 봐라?!
그런데… 뭐 좀 아네. 어디 한번 찔러볼까.
"어이, 도시의 인공지능 카불. 확— 리셋시켜 버린다. 나 지금 백 타임 당해 기분 상당히 안 좋거든?!"

···동화율을 끌어올려 주십시오.

씹기도 하네? 좋을 대로.
나는 차가운 백색 구체에 온기를 불어넣었다.

바미안 남작의 동화율이 58%에 달합니다. 밝힐 수 있는 가로등의
가수는 불.과. 8개 정도입니다.

어이, 이봐. 아직 시작도 안 했거든?
이 지오님을 어디서 띄엄띄엄 보는 거야?!
"후읍—"

바미안 남작의 동화율이 68%에 달합니다. 밝힐 수 있는 가로등의
개수는 1642개입니다. ···기사치고는 대단하네요.

내가 이 행사 마치면 반드시 이 싹통머리없는 도시 인공지
능을 리셋시켜 버린다. 시니컬한 어감까지 하며··· 거슬리는
게 한둘이 아니야.
분노 게이지 급상승!
내 몸을 중심으로 붉은 아우라의 실루엣이 드리워졌다.
"후웃—!"

'분노는 나의 힘!'

바미안 남작의 동화율이 78%에 달합니다. 밝힐 수 있는 가로등의 개수는… 77개입니다. 음… 능력이 상당하십니다.

끝까지 비아냥거리네.

내가 화나면 백 타임 될 정도로 동화율이 오르거든.

리셋이고 뭐고 필요없어. 네놈의 버릇없는 뇌세포를 분노의 아우라로 녹여 버리겠어.

"하압─!!"

'분노는 나의 긍지요, 나의 근간이라.'

나를 중심으로 붉은빛이 번져 나왔다. 그리고 아우라로 화해 주변으로 퍼져 나갔다.

바미안 남작의 동화율이 88%에 달합니다. 동화율이 '진홍의 아우라'와 동조합니다.

밝힐 수 있는 가로등의 개수는… 무려 334개입니다.

가로등의 밝기가 예전과 비할 바가 아닙니다.

…대단해! 굉장합니다.

…남작님의 능력에 절로 경탄이 납니다.

남작님이라… 뒤늦은 아부걸랑?

인공지능 따위가 내 상대가 될 수 없음은 이미 백 타임 사건으로 판명 났다. 도시의 인공지능이 늘어놓는 찬탄 따위엔 신경 쓰지 않는다.

문제는… 88% 동화율에서 올라가지 않고 있다는 데 심력이 쏠렸다. 인공지능에 대한 분노라는 감정까지 담지 않았는가.

90%라도 넘어야 되지 않은가. 왜? 백색의 조명구는 나의 아우라를 받아들여 붉게 이글거리고 있기까지 한데.

이렇게 기를 쓰는데 어째서 동화율이 90%를 넘지 못하는가.

그때 가느다란 팔이 등 뒤에서 내 목을 휘감아왔다.

그리고 작은 숨결이 귓가에 다가와 '후우—' 하는 부드러운 입김 한줄기를 불어넣는 것이다.

"……!!"

'미요?'

그러자,

> 앗! 남작님의 동화율이 ꟼꟹ%에 달했습니다.
> …살려주세요! 살려주십시오!!
> 이후, 절대 당신을 시험하지 않겠습니다.
> 저 카불은 당신에게 완벽하게 복종하겠습니다. 뇌가 뜨거워요…….

정신이 번뜩 들었다, 조금만 더 있었다가는 다시 인공지능에 부하를 가해 백 타임 될 수 있기에.

그리고 등 뒤에서 느껴지는 부드러운 압박이 장난이 아니다.

그래… 이것이야말로 화끈한 내조!

살짝 아우라의 분출을 줄였다.

> …가, 감사합니다.
>
> 밝힐 수 있는 가로등의 개수는… 장장 511개입니다.
>
> 대단하십니다!
>
> 아아, 내성 안 마법 가로등이 전부 밝혀질 수 있게 되다니.
>
> 남작님을 존경합니다. 진정으로…….

존경이고 자시고, 등 뒤에서 전해지는 빈약한 압박감에 울끈불끈 스위치가 켜지기 직전이다. 짐승으로 돌변하기 직전.

'도시 인공지능하고 실랑이할 때가 아냐, 얼른 마치자.'

나는 조명구에 새겨진 마지막 경구를 외쳤다.

"밝은 빛으로 어둠을 몰아내고 그 빛은 태양 아래 빛을 잃을 지니… 도시여, 번창하라―!"

조명구에서 손을 뗐다.

말이 끝나기 무섭게 마법등에서 백색의 밝은 빛이 번져 나왔다.

화아앗―!!

강렬한 빛은 손에 잡힐 것 같은 입자로 뭉쳐지더니 마을로 쏜살같이 날아갔다.

빛 덩어리는 도심 중간에서 '파—!' 하고 우산 살대 같은 궤적을 그리며 흩어졌다.

"우오오오오오오오오—"

탄성이 뒤를 따랐다.

이어 빛의 입자 덩어리가 떨어진 거리를 중심으로 가로등에 불이 들어오기 시작했다.

하나, 둘, 셋… 정전된 도심에 일시에 불이 들어오는 것 같은 그림이다.

이것이야말로 판타지적인 도시!

등 뒤의 사정(?)은 잊자, 잊어.

슈우우우—

Lord

바미안 남작, 거리를 밝히다.

'카불 도시민들의 치안에 대한 우려가 잦아들었습니다.'
당신은 영주로서의 첫 봉사 행위를 성공적으로 마쳤습니다.
도시민들이 안도해합니다.
당신의 통치 행위에 대해 일말의 불안감이 걷혔습니다.

영주 레벨이 올랐습니다. 영주 레벨 35입니다.

영주 포인트 100포인트를 획득했습니다.

고럼고럼, 그런 거지.

…미요 누님, 이제 그만 떨어져 주시면 안 될까요?

*   *   *

도시의 인공지능을 완벽하게 굴복시켰다.

그런데,

Lord

썰렁한 거리.

'도시는 예전보다 밝아졌는데… 이래 가지곤 어떻게 살라고.'

'…어제만 해도 인파로 넘실거렸는데…….'

떠나 버린 유저인들로 인해 도심 상권이 크게 위축되어 소상공인들이 크게 걱정하고 있습니다. 그들로서는 생계가 걸려 있습니다. 자칫 잘 못하면 떠날 수 있습니다.

어서 빨리 도시의 상권을 회복해 신망을 잃지 않도록 하십시오. 남작님의 충실한 카불입니다.

아뇨… 도시 인공지능에 이어 이젠 카불의 상인 NPC가 시비네.

NPC들은 나만의 분위기에 취하는 걸 가만 놔두질 않아요.

이것도 전통이냐?!

Quest

야시장 상인의 고민.

'오가는 손님이 없으니 무슨 돈으로 조명비를 납부하지?'

카불의 야시장은 인근에 제법 유명한 명소입니다.

야시장 상인들은 영주에게 밝은 조명을 밝혀준 대한 감사의 표시로 그간 매달 1천 2백 골드를 헌납했습니다. 이번 달은 헌납하겠지만 오늘 같은 불황이 이어진다면… 그들은 야시장을 철시할지도 모릅니다.

앗—! 아바타르는 카불에 야시장을 개장했구나.

한 달에 1천 2백 골드. 공돈이 매달 60만 원씩 생긴다는 말.

거대 길드에게는 누구 코에 붙일지 모를 껌 값이지만… 나는 엄연히 혼자가 아니던가.

'햐, 이거 정복 영주로서 첫날부터 번뇌에 들게 하누만.'

나만의 잘 먹고살기 망상의 나래를 펼치는 가운데 기사탑을 밝힌 마법등을 중심으로 뒤늦게 영주관을 밝히는 마법등이 밝혀졌다. 이후 이미 밝아진 대로에 거미줄같이 이어진 주택가의 좁은 소로를 따라 마법 가로등이 차례차례 밝아져 갔다.

썰렁한 도로, 우울한 골목 어귀가 눈앞에 드러났다.

단지 광장에서 잘 차려입은 상인들이 도심에 들어온 조명을 보고 박수를 건성으로 보내고 있을 뿐이다.

비 오는 날 놀이 공원의 야간 개장식을 보는 것 같다.

사랑하는 세종대왕이 내 머리로 우수수 떨어지는 그림은 닭털이 날리는 것으로 교체되었다.

'…이거 심각한데.'

바미안, 쿤두즈, 카불. 내가 점령한 영지다. 이 세 곳의 주인이 나 한 사람이라는 뜻이다. 흔히 하는 말로 '꿀꺽' 먹었다.

두 눈 질끈 감고 양심을 냉장고에 잠시 얼려놓으면 더 늘릴 수도 있다.

그렇다. 가상 세계에 한해 내게 강철거인이 있는 한 세계 정복도 가능하다.

나로 인해 주변 영지들이 바싹 쫄아 있음을 여러 커뮤니티를 통해 알 수 있었다. 그럼에도 전혀 실감이 나지 않는 것이 지금처럼 툭툭 던져지는 문제거리들 때문이다.

가상의 세계를 정복했다 치자. 유령 도시의 주인이 될 뿐이라면 무슨 의미가 있으랴.

내게 당장 필요한 것은 빈약한 현실을 보조할 가상의 풍족함이 아니던가.

지금 현실의 단말기에 내 신용 점수 수치는 매일매일 갱신일로에 있다. 일생 단 한 번도 날아오지 않던 전기 자동차를 구매하라는 메일이 시간당 세 건씩 도착하고 있으며, 자신들의 상품을 제발 신용 구매해 달라고 수많은 업체들이 매달리고 있다. 단 한 번도 빠진 적 없는 스팸 메일 지옥에 빠지고 말았다.

이 모든 것이 가상에서 이룬 나의 성공 덕이다.

한데 이를 가능하게 만들어준 가상의 삶은 현실의 삶이 풍족해질수록 고단하기만 하니…….

Lord

소시민의 기대.

'와— 집 앞이 환해. 삼성 영주라더니, 역시 능력이 달라도 다르군.'
'으슥한 곳이 사라졌어. 이 정도면 밤 나들이를 다닐 수 있을 정도야.'
영주님의 남다른 권능으로 거주 구역까지 마법등에 불이 들어왔습니다. 카불 시민들은 자신들의 집 앞을 밝히는 조명에 크게 감사하고 있습니다. 시민들은 남작님의 통치로 도시의 더 큰 발전을 기대하게 되었습니다.

한쪽은 우려를, 다른 한쪽은 기대라… 부담되기는 어느 쪽이나 마찬가지란 말.

'…역시 얽히고 얽힌 세상, 공짜는 없군. 빌어먹을, 삼성(三城) 영주가 되어서도 여전히 NPC들의 눈치를 봐야 하느냔 말야?!'

삼성 영주라…….

여기 내 영지들을 둘러보자. 바미안은 바미안대로 바드들이 퀘스트를 달라고 여전히 외쳐 대고 있고, 쿤드즈는 쿤드즈대로 구울 장터가 버젓이 영지 중심가에 자리 잡은 채 네크로맨서들을 상대로 인간 사체를 거래하고 있으며, 카불은 카불대로 NPC들이 먹먹한 눈으로 뭉텅 사라져 버린 아바타르 유저들을 아쉬워하고 있다는 것이다.

구울 장터가 있는 쿤두즈는 그렇다 치더라도 문제는 지금 있는 카불이다.

카불. 아바타르들이 NPC들을 학대하지 않고 수많은 유동 인구로 자연스럽게 유대가 형성된 영지였다.

NPC라면 깃발만 꽂아도 장사가 되던 곳이라는 말씀.

그래서인지 카불의 영지민들이 나를 불안한 눈으로 바라보는 게 확실하게 느껴진다. 고객들을 몽땅 내쳐 버린 당사자이기에. 이런 묘한 분위기에서 영주로서 내가 뭘 할 수 있을까.

학대받지 않고 잘 먹고 잘살던 이슈타르인들을 상대로 내가 할 수 있는 일은 딱히 떠오르지 않았다.

쿤두즈와 같은 환영 일색은 바라지 않더라도 이따위 싸늘한 의구심은 아닌 것이다.

카불의 NPC는 나의 성공을 열렬히 환영하지 않았다. 학대를 받은 NPC나 그렇지 않은 NPC나 이런 식이면 뭐가 다르단 말인가. 망할 NPC 같으니.

바미안의 NPC들은 톡톡 튀는 맛이라도 있었는데.

먹고 보니 고민덩어리가 아닌가.

확 도심을 불질러 버려—?

노노, 릴렉스—

첫술에 배부를 순 없지.

'좋아, 미남자의 오러에 쩔게 만들어주겠어.'

찰랑찰랑 꽃미남 웃음을 날리며 영주성을 오가야겠군.

빅 스마일—!!

웃지 마성— 나름 심각하다고.

Act 04
바미

機甲戰記

Massacre

기갑전기 **매서커**

바락,

"거기 안 서—?!"

절대 설 수 없습니다.

나는 9회 말 역전 홈스틸을 감행하는 야구 선수처럼 게이트에 몸을 날렸다.

목적지는 자유 도시. 자유 도시에 도착하자마자 영주의 권한으로 게이트 이동을 10분간 중지시켜 버렸다.

날 뒤쫓아오려면 10분 후에나 가능하다.

무슨 일이냐고?

미요가 무도회를 위한 춤 연습부터 해야 한다며 엉겨 붙어

서다. 치리와 멜퀴에게 보란 듯이 다정한 모습을 연출하자는 의도인데… 단순하게 다정한 연출이라면 따를 수는 있다.

하나, 부비부비 춤은 아닌 것이다.

부비부비? 거 있잖은가, 여성 파트너와 골반이 빗글리게 밀착한 상태에서 우아하게 도는 볼륨 댄스 말이다.

왈츠였던가? 뭐라 하든 민망한 그림이라는 결과는 같다.

미요는 언제 그런 걸 배워놓았는지 댄스 스포츠 지도자 자격증 소지자였다.

세상에!

댄스 스포츠 선수도 아니고 지도자라니…….

가상에서나마 사교계의 꽃이 되고픈 여인의 간절한 소망이 느껴지는가?! 쩐다!

아무튼 한 쌍의 바퀴벌레가 되어 우아하게 플로어를 누비며 춤추고 있는 내 모습을 나는 도저히 상상할 수 없다.

'못해. 할 수 없어. 있을 수 없는 일이야. 그림이 그려지지 않아. 내가 슬로~ 슬로~ 퀵퀵~ 이라니…….'

그녀의 사교계 데뷔는 데뷔고, 나야 멀건이 서 있는 것으로 만족하련다.

눈치챘는가? 그렇다. 제법 민망한 자세에서 언제 어느 때 내 속의 늑대들이 튀어나올지 모른다.

계단 사건 이후 계속해서 미요의 작고 도톰한 입술만 눈에 들어오고 있다. 도저히 내 속의 늑대가 건전 모드로 돌아올

생각을 하지 않는 것이다.

그게 나란 인간이다!

역시 미요에게서 저주가 버무려진 사나운 문자 통신이 쇄도하고 있다. 나는 문자 그대로 씹었다. 바랄 걸 바라야지.

그녀는 왜 내 속의 늑대를 자극하지 못해 안달이냔 말이다.

원초적인 본능을 억누르고 춤 연습을 계속한다면 나는 아마 말라 죽고 말 것이다.

나, 당분간 영지를 경영하며 건전히 살련다.

제발 냅둬!

내게 강 같은 평화를……

게이트를 통하니 골렘으로 6일 동안 이동하던 거리를 단 10분이면 오가게 되었다.

이도 '아크 메이지' 일단님이 약간 손만 보면 자유 도시를 거치지 않고 단 5초면 오갈 수 있다.

'내가 카불에 비하면 오두막 같은 바미안에 와 있으리라고는 미요는 짐작하지 못할 테지. 후후.'

가불의 영주성은 오밀조밀한 탑군에 휘감긴 것이 오죽 화려한가. 볼거리도 풍부한데다 그녀가 털고 싶어하는 보석상까지 있다.

굳이 비교하자면 카불 성이 오토 도어가 설치된 타워 오피스텔이라면 바미안은 24시간 누구나 이용 가능한 공용 주차 타워랄까. 하지만 나는 썰렁하기만 한 바미안이 좋다.

감금 상태에서 고민을 가장 많이 한 장소이고, 여기서 다시 태어났다고 해도 무방하기에. 지금의 나를 있게 한 장소 아니던가. 그렇게 고향처럼 느껴지는 바미안에 도착한 것이다.

컴 백 홈!

게이트 특유의 빛무리를 헤치고 영주관에 한 발을 딛자,

둥둥둥둥―!!

Lord

남작의 귀환.

'남작님이 되신 걸 진심으로 축하합니다―'

바미안 남작은 바미안, 쿤두즈, 카불을 아우르는 '삼성 영주'이십니다.

이 세 영지를 아우르는 수도를 정하셔야 합니다.

수도는 수도다워야 하죠.

인구 수와 교통 상업이 두루 발전한 '카불'을 수도로 권합니다.

무슨 소리!

내가 속은 좁지만 미약한 의리는 있다.

아니, 카불은 남이 발전시켜 놓은 도시 아니던가.

단지 내 피와 땀이 배여 있는 도시를 만들고 싶을 뿐이다.

그뿐이다.

"나 바미안 남작은 영지의 수도를 바미안으로 정한다. 누구도 이의를 달지 말지어다—!"

'내 나름으로 바미안을 뼈대있는 도시로 발전시킬 테니 두고 보라지.'

삼성 영지의 수도는 '바미안'으로 결정되었습니다.
탁월한 선택은 아니지만 도시의 발전 가능성은 무궁무진합니다.

속으로 각오를 다지며 나만의 심시티를 펼치려 하는데,

'휘유유유—' 하는 밤하늘을 가르는 기다란 소리가 들려왔다.

뭐지?

곧이어,

파광—!! 짜짜짜짝.

밤하늘 낮게 형형색색의 불똥이 흩어지며 내려앉았다.

저것은 불꽃놀이 폭죽!

영주성 아래 위치한 광장에서 영지민들이 쏘아올린 불꽃폭죽이었다. 불꽃은 바미안처럼 아담하고 소박했다.

"…쾌(快)감동……."

'아, 영지민들이… 이래서 고향이 좋다니까.'

Lord

상승 영주.

'그가 돌아왔다!'

'그는 우리 바미안이 배출한 영웅이다. 그는 우리의 자랑!!'

바미안의 영지민들은 카불 함락에서 보여준 당신의 무위와 지략에 찬
탄을 금할 길이 없습니다.

누구도 상상하지 못한 쾌거에 영지민들은 진심으로 당신을 인정하였
습니다. 심야의 불꽃 축포는 그간의 서먹한 관계를 개선하기 위한 화
해의 의미를 가지고 있습니다.

허허, 화해를 받아들입니다. 우리 힘을 합쳐서 바미안을 발
전 시켜보아요.

Lord

영지 수도 바미안.

'삼성 영지의 수도로 우리 바미안이 선택되었어.'

'이런 일이… 바미안이 삼성 영지의 수도가 되다니…….'

'세상에… 그는 우리가 그렇게 박하게 대했건만 우리를 잊지 않고 있

없어.'

바미안의 영지민들이 당신의 선택에 어안이 벙벙해합니다.

그리고 감격해합니다.

…당신은 그들의 자부심이 되었습니다.

…바미안 영지민들의 호감도가 급상승합니다.

영주 레벨이 올랐습니다. 영주 레벨이 36입니다.

…올랐습니다. 영주 레벨이…….

…영주 레벨이 올랐습니다. 영주 레벨이 40입니다.

영주 포인트 500이 주어졌습니다.

오늘 하루 누적한 영주 포인트가 무려… 1,600포인트나 된다.

감동의 쓰나미가 나를 덮쳤다.

*　　　　*　　　　*

빰빠라빰~ 뿌오오옹~

Lord

영웅을 배출한 도시.

'삼성 영주가 깡촌 바미안에서 탄생하다니, 바미안의 영주는 대단해.'

이슈타르인들은 긍지 높은 인물을 존경합니다.

영웅을 배출한 지역의 긍지도 그에 따라 높아집니다.

당신에 대한 평판이 영지 주변 개척민과 떠돌이 유랑민들 사이에 급속히 퍼져 나가고 있습니다. 그들은 이때까지 당신에게 무관심했지만 이제부터는 그렇지 않습니다.

그들은 이제부터 바미안을 주시하며 정보를 모으고 있습니다.

그렇습니다. 당신 한 사람으로 인해 바미안 영지를 달리 보게 된 것입니다.

자자, 고민하지 말고 나의 드넓은 가슴에 안기는 거야.

Quest

바미안의 높아진 위상.

'영웅의 도시, 바미안과 거래하고 싶습니다.'
바미안의 평판도가 급상승해 영지민의 타 이슈타르인 간의 거래에서 1%의 양보를 받게 되었습니다.
그에 따라 바미안으로 개척민과 유랑민들이 점점 더 몰려오고 있습니다.
당신은 그들의 보호자가 되어야 합니다.
보호자가 될 마음의 준비가 되어 있습니까?

"당연히!"
나야말로 든든한 보호자가 아니던가.

영주 레벨이 올랐습니다. 영주 레벨이 41입니다.

바미안 영지민의 호감도가 신뢰도로 전환되었습니다.
신뢰도 구간은 41레벨에서 66레벨까지입니다.
영주 66레벨부터 충성도로 전환합니다.

오―!
드디어 바미안이 호감도에서 신뢰도로 전환했다.
이게 다가 아니다.

Lord

도시 인공지능 할당.

'도시를 제어할 인공지능이 배정되었습니다.'

바미안 영지민의 호감도가 신뢰도로 전환함에 따라 '도시 인공지능'
할당이 이루어졌습니다. 이는 도시 발전을 가속화할 수 있는 기본 토
대를 마련한 것입니다.

오— 그런 거야?!

카불의 번화함은 따로 인공지능을 할당받았기에 가능했던
거로군.

인공지능을 할당받음으로 인해 조명, 난방, 위생 설비의 중
앙 통제가 이루어질 수 있는 것이다. 아무튼,

할당된 인공지능을 호출하려면 간단한 이름을 붙여주어야 합니다.
이름을 무엇으로 정하시겠습니까?

카불의 도시 인공지능이 '카불'이라고 해서 바미안의 인
공지능마저 '바미안'으로 할 순 없지. 하지만 연관성은 있어
야겠고······.

"음, 바미."

발음해 보니 제법 귀엽다.

도시 인공지공의 이름은 '바미'입니다. 성별은 무엇으로 정하시겠습니까?

재수없는 카불의 남성형 인공지능이 떠올랐다.
당근,
"여성!"

바미의 성별은 여성입니다.
'바미'는 남작님께 기꺼이 봉사할 것입니다.
이제부터 도시 인공지능 '바미'로 전환합니다. 상냥하게 대해주십시오.

암, 나야말로 신사도의 표상이 아니던가. 걱정 붙들어매시성—
'자, 이름이 바미다. 척 들어도 착할 것 같지 않은가.'
내 기대에 답하려는지 수줍게 기어들어 가는 목소리가 울렸다.

…안녕하세요, 바미입니다. 어여쁜 이름을 지어주셔서 너무나 감사합니다.

"안녕, 바미—"

많이 감사해야 할 거야.

저 바미는 현재 영주성에 한해 통제력을 행사할 수 있습니다. 영주님의 권위와 신망이 두터워질수록 저의 통제 영역은 확장됩니다.

알았어. 무럭무럭 키워줄게.

카불의 인공지능이 짐승이 울부짖는 소리라면 바미는 새가 지저귀는 것같이 듣기가 상당히 좋다.

탁월한 선택이 아닐 수 없음이라.

저, 바미는 어두운 것을 싫어한답니다. 영주관의 마법등을 밝히도록 명령을 내려주세요…….

흐흐, 수줍어하기는. 누가 보면 잡아먹으려는 줄 알겠네.

가만, 요것이 요구까지 하네? 자신의 뛰어난 인공지능 성능을 자랑함이군. 그래, 애교로 봐준다.

"알았어, 영주관의 마법등을 모두 밝혀줘. 내가 가는 어디든지 알아서 조명을 밝히도록 해. 아, 지금은 전부!"

…감사합니다. 그럼 영주관 조명을 전부 밝히겠습니다.

화랏— 영주관을 밝히는 마법 조명이 최대로 밝아졌다. 빈 방까지 남김없이 전부.

지금까지는 내 메이지 캐릭 둘이 미요의 잔소리를 들으며 일일이 마력을 부여해야 했는데 이제는 알아서 조명이 밝아 지는 것이다.

물론 합당한 마력을 품은 마나석이 영주성 기관부에 심어 져 있어야 한다.

마나석은 풍족하지는 않지만 매달 꾸준하게 획득 중이니 바미안도 카불처럼 거리에 어둠을 몰아내는 마법 가로등을 설치할 수 있는 것이다.

그럼 마력선을 도심에 깔아 야시장을 개설해 볼까나. 그렇 게 나만의 심시티 이미지를 굴리고 있는데.

"와아—!!"

환하게 밝아진 영주성을 향해 영지민들이 외치는 환호성 이 몰려왔다.

뒤이어 불꽃 폭죽이 연발로 터지며 이 환호성과 같이 얽혔 다.

환희와 희망, 그리고 충만한 기대가 가득 찬 환호였다.

……

며칠간의 연이은 전투, 부담이 가득했던 점등 의식, 얽혀 버린 인간관계로 인한 피로감이 이 환호로 단번에 날아가 버렸다.

*   *   *

잘 정비된 널찍한 거리, 깔끔한 상가, 거리를 밝히는 우아한 마법 가로등, 곳곳에서 맑은 물을 뿜어내는 분수, 부유한 영지민들은 나를 향해 모자를 벗고 허리 깊숙이 감사의 인사를 건넨다.

나는 그런 그들을 향해 약간 모자를 빗겨 올리는 것으로 그들의 인사에 답례한다.

멋지지 않은가.

바로 위의 그림이 나를 기다리는 미래인 줄 알았다.

부유한 도시의 군주로서 최고층 탑루에서 지상을 내려다보며 미인을 옆에 끼고 내 머리 위로는 금화가 쏟아지는 꿈은 오래가지 않았다. 아니, 불과 며칠도 채 가지 않았다.

지금 바미안 기사탑 최고층에서 내려다보이는 바미안 외성의 광경은 그리 아름답지가 않다.

웅성웅성, 바미안 영주성으로 꾸역꾸역 피난민들이 대거 몰려오고 있다. 그 수는 헤아릴 수 없을 정도.

그로 인해 폐허인 외성에 우중충한 간이 천막이 우후죽순처럼 들어서고 있으며, 이런 피난민들을 노리는 도적 떼와 마적단이 창궐해 영지 외곽의 치안을 어지럽히고 있다.

강철거인의 보호를 받는 바미안 시로의 피난민의 쏠림이 더욱 극심해지고 있다.

사태는 갑자기 벌어졌다. 초기 며칠 동안은 피난민들을 일일이 상담하며 대처했는데 지오 캐릭을 전부 동원한 상태라 눈알이 튀어나올 지경이었다.

밀려드는 피난민들을 수용하기 급급했으니, 이내 통제 불능인 상태가 되고 말았다.

E&T가 나를 미워하지 않고서야 왜 내게 이런 시련이 줄줄이 이어지는지…….

어쨌든 오는 사람 막지 않고 가는 사람 붙잡지 않는 게 나의 모토인지라 현재는 피난민들의 유입을 통제하지 않고 있는 상태다.

급작스러운 인구 폭발이라 슬럼가의 확산을 저지할 방법이 없었다. '바미'의 영향력이 내성 광장에도 미치지 못하고 있는 상태라 완전 통제 불능 지경이다.

바미안에 슬럼가라니…….

이런 피난민의 바미안 편중에는 내 명성이 한몫 거든 면이 있지만, 이건 아니지 않은가.

보라, 누런 천막촌의 바다가 바미안 내성을 포위한 채 넘실거리고 있음을.

"하아, 외성 정비……."

'빌어먹을! 심시티 물 건너갔잖아.'

그렇다. 이는 파편 전쟁의 여파다.

파편 전쟁.

파편 무구를 소유한 영지를 목표로 보스 몬스터들의 방문이 있었다. 아니, 보스 몬스터는 파편 무구를 소유한 영지에서 부활해 군대를 규합했다.

바미안에서 '데스 로드의 영묘'와 '정령 화로'가 나타났던 식으로 말이다.

파편 무구를 소유한 것 자체가 재앙이 되어버리고 만 것이다.

바미안에선 내가 두 번에 걸쳐 보스 몬스터의 강림을 막았다고 보아도 무방하다.

다른 영지에서 성공적으로 강림한 보스 몬스터들은 자신들의 속성에 맞는 몬스터 군대를 규합해 파편 무구를 추적 중에 있다. 그리고 파편 무구를 부활한 보스 몬스터에게 강탈당했다는 이야기는 아직 없다. 파편 무구가 몬스터 군대의 추적을 피해 대륙을 떠돌고 있음이 확실했다.

그리고 저 피난민들 속에 파편 무구를 감춘 무리가 숨어들었을 수도 있다. 그렇다면 몬스터 군단이 바미안을 노리고 진군해 올 게 뻔했다.

아무튼 파투 구현 사제단을 중심으로 터전을 잃은 유저들과 길드를 중심으로 성전 참여를 독려하는 형편이다.

가신 중 골든보이와 두 곰들이 파편 전쟁에 참여하고 있다.

전쟁은 성장이 지지부진한 고렙 유저들에게 성장의 활로를 열어준 면이 있기에 그들의 선택은 문제될 게 없다.

문제는 나다.

성전에 참여를 할 것이냐, 아니면 바미안 영지를 지킬 것이냐를 놓고 속마음이 복잡할 수밖에 없었다.

사제단의 슈레기는 내가 카불을 함락한 직후 방문하기로 해 놓고 아직 나타나지 않고 있다. 이것이 사제단에 대한 의문 하나.

또 다른 의문은 아직까지 성전 참여를 결정한 파편 무구 소유자가 없다는 점이다.

왜 도망 다니면서 성전 참여를 택하지 않고 눈치를 보는 것일까. 파편 무구 없이는 보스 몬스터를 소멸시킬 수 없는데 달이다.

다른 파편 무구를 소유한 이들의 속내를 알 수 없으니 사제단의 이면에 무슨 흑막이 있는 게 아닌가 하는 의구심만 키우고 있을 뿐이다.

오히려 사제단은 자신들에게 수많은 유저들의 힘이 결집되니까 파편 무구 소유자들을 공공연히 성토하는 형편에 이르고 있다.

성전 참여에 동참한 유저 수는 어느새 60만을 넘고 있다.

단일 조직으로 이 정도 인원수면 지도부가 아무리 용을 써도 배가 하늘을 나르지 않고는 못 배길 것이다.

실제 조짐이 딱 그렇다.

사제단에서 파편 무구를 전부 거둬들여야 한다는 이야기가 공공연하게 흘러나오고 있다. 헛소문이라도 이런 분위기하에서 성전 참여를 결정하기는 쉽지 않다.

지금 나는 유저들에게 욕을 한바가지로 듣고 있다.

일인전쟁을 벌일 때 나를 응원하던 환호는 시기와 질투의 비아냥으로 돌변했다. 내가 파편 전쟁을 틈타 타 영지를 병탄한 기회주의자라는 것이다. 결과만 보면 그럴 수는 있다.

하지만 거대 길드를 상대로 홀로 분투한 나를, 그 과정을 모두 지켜봐 놓고 어떻게 이럴 수 있단 말인가.

유저 커뮤니티를 감히 열어볼 엄두가 나지 않는다.

파편 무구를 소유한 이후로 '백만 안티'와 함께하는 게 일상이 되어버렸지만 영지까지 노골적으로 험담을 늘어놓으면 어쩌란 말인가.

나를 향한 환호는 순식간에 싸늘하게 식어 질투의 감정이 질시로, 그리고 지금은 증오의 대상으로 발전하는 중이라.

E&T 캐릭터 인기투표에서 유저가 아닌 보스 몬스터가 1위에서 9위까지 휩쓸어 버렸다.

이것이 현실이다.

보스 몬스터가 거느린 군대의 규모는 상상을 초월한다.

보스 몬스터의 권능은 말하나마나.

파편 전쟁에서 밀리고 있다는 소식만이 아침저녁으로 올

라오고 있는 형국이다.

만약 이 상태에서 성전을 참여한다고 해도 겉으로 환영하겠지만 발등에 불이 떨어져 사제단에 뒤늦게 기대려 한다는 소리가 나올 게 뻔했다.

물론 나는 유저 사이의 평판은 신경 쓰지 않는다.

한데 그 평판이 영주 레벨과 영지민의 신뢰를 결정하는 바로미터와 같은 형편이라는 게 나의 딜레마다.

NPC인 이슈타르인들 사이에서 인망이 오를수록 유저인들 사이에선 바미안에 대한 혹평만 올라오고 있다.

아무리 피난민들을 수용해도 영주 레벨은 요지부동이다.

'싸우는 게 제일 쉽다더니…….'

*   *   *

여러모로 뒤숭숭하다. 실상이 이럴진대……

"…이런 상황인데 꼭 번잡하게 무도회가 꼭 필요해? 하지 않으면 안 될까?!'

"연미복 치수 재야 하니까 돌아서세요."

지극히 사무적으로 대답하는 미요였다.

몬스터 군단이 이웃 영지 인근까지 진출해 있는데 사교계 데뷔를 위한 무도회라니.

"저기 성 아래 천막촌을 보라고—"

"이미 질렀습니다."

미요는 뭘 그런 걸 신경 쓰냐는 얼굴로 미리 작성된 메시지를 보내왔다.

팔랑,

Lord

초대장.

'당신을 한여름 밤 무도회에 초대합니다.'

삼가 아룁니다.

ㅁㅁㅁ님, 무더운 여름 편안하신지요.

지난번 티 파티에서 큰 신세를 졌습니다. 귀부인으로서의 단아함이 무엇인지 확인할 수 있는 자리였답니다.

당시 여러분의 응원으로 바미안은 큰 위기를 넘길 수 있었고, 발전의 기틀을 다질 수 있는 계기까지 마련할 수 있게 되었답니다.

그래서 이제 막 출범한 바미안 남작가에서 무도회를 개최하여 여러분의 응원에 보답하고자 합니다.

오는 ㅁ월 ㄹㅣ일입니다.

무도회는 바미안 영주관에서 열릴 예정이랍니다. 한여름 밤의 무도회죠. 바미안 남작님의 사교계 첫 데뷔가 이날 있을 예정입니다. 더불어

저도요.

소박한 바미안 성이지만 귀체를 모심에 있어 한 치의 소홀함이 없도록 준비토록 하겠습니다.

마음에 드실 거라 생각합니다.

그날 존체를 뵙고 사교계에 첫발을 들이는 저희 부부를 응원해 주시길 간절한 마음으로 앙망하나이다.

ㅁㅁㅁ가문의 무궁한 발전을 기원하며 이만 줄이겠습니다.

8월 21일.

바미안 남작 부인 미요.

……..

졌다, 졌어.

도대체 미요의 머릿속엔 사교계밖에 없지 싶다.

나의 도주는 채 삼 일을 넘기지 못했다. 이리 빼고 저리 숨어도 귀신같이 찾아내더라. 뛰어봐야 미요의 치마폭이란 말인가?!

그래서 정면 돌파를 시도하기로 조건을 걸었다.

무도회 개최 장소를 바미안으로 하지 않으면 참석하지 않겠다고. 아바타르들이 기틀을 다진 카불에서 무도회를 개최하면 졸부 냄새가 진동할 것 같다고… 내 성격이 한 소박하잖은가.

미요는 한참을 생각하더니 내가 제시한 조건을 받아들였다.

그리고 지금 이렇게 무도회에 걸칠 연미복 치수를 재는 신세가 되었다.

"랄랄, 검은 고양이 네로, 검은 고양이 지오~ 길쭉길쭉, 가느다란 기럭지~"

좋기도 하겠어.

내 얼굴 가득한 심통에 미요는 생글거리는 얼굴을 들이밀었다. 작고 도톰한 입술이 나풀나풀.

"무도회 개최는 귀부인들의 다과회 개최를 백번 하는 것보다 레이디 레벨을 빠르게 올릴 수 있답니다."

"……."

그런 거야? 그럼 너만 좋자고 내가 펭귄(?)이 되어야 하는 거네?!

그리고 자꾸 얼굴 밀착하면 꽉 깨문다, 진짜!

"마찬가지로 남작님의 사교계 데뷔도 유저인들 사이의 평판에 영향을 주기 마련이죠. 지금 지지부진한 영주 레벨을 개선할 수 있는 단초가 될 수 있답니다."

내 영주 레벨은 레이디 레벨과 연동하고 있으니 아니라고 부인하기 어렵다.

"그런데… 꼭… 춤을 춰야 하는 거야?"

"두 사람이 사교계에 데뷔하는 역사적인 날이에요. 그날의 주인공이 하객들이 지켜보는 가운데 첫 춤을 추어야 사교계 데뷔가 정식으로 이루어지는 거랍니다. 가상 게임 자체가 다양한 삶을 살도록 만들어졌잖아요. 원망하려면 시.스.템.을 원망하세요."

"…한 곡만이야."

빌어먹을 시스템. 내가 어쩌다 이렇게 됐지.

"자, 그만 징징거리고 허리를 곧추세워요. 왼쪽 팔은 내 견갑골을 부드럽게 받치고 이쪽 손은 이렇게 홀드. 그리고 제일 중요한 건……."

"……?"

"…저를 다정한 눈으로 담는 거예요."

"……."

부릅!!

"노려보지 말라니까요?! 눈에 힘 풀고, 나 없이는 못살겠다는 그런 눈으로……."

어쩌라고?!

그래그래, 든든한 강철거인을 바라볼 때의 심상을 일으켜 미요를 담았다.

얼씨구… 좋아 죽는구나.

"좋아요, 이 미요님의 리드를 따라 이제 발을 움직여 보세요. 하나, 둘, 셋― 하나, 둘, 셋―"

"…으."

기어이… 이건 악몽이야.

단단단♩ ~ 단단단♬ ~

경쾌한 무도곡이 흐르고 늑대의 인내력을 실험하는 춤 연습이 그렇게 시작되었다.

그런데… 웬걸.

겉보기보다 꽤 건전하잖아!

스텝과 호흡을 맞추어 동작을 이어나가는 게 제법 힘들다. 내 속의 늑대도 황홀함에 취해 나가떨어져선 깨어날 생각을 하지 않고 있다.

아, 맞다. 리드하는 파트너의 능력이 발군은 발군이다.

지도자는 지도자답게 춤을 가르칠 때의 미요는 마친 딴사람이 된 것 같다.

프로다운 진지함이 있다.

그러길 10분, 미요의 리더에 따라가기가 벅찰 정도로 숨이 차오르기 시작했다. 곧 무중력 상태에서 무아지경으로…….

도저히 있을 수 없는 스킬 습득이라고?

맞다, 사실이다.

그대는 잊었는가, 이곳이 가상의 공간이라는 것을.

이게 가능한 이유는 현 유럽 챔피언의 스텝을 라이프 스킬로 구매했기에 가능한 것이다.

바로 그거다. 이 지오님이 현질이라는 걸 했다.

아이템도 아니고 히든 스킬도 아닌, 댄스 스포츠 스텝을 사기 위해 말이다.

몸이 안 따르면 스킬에 맡기시라, 도망 다니다 나름으로 연구한 해결책이 바로 이것이다.

내 다리는 구름을 딛고 나는 것처럼 경쾌하기만 하다.

므화하하핫, 가상 현실이 좋은 게 바로 이런 거다.

돈 값을 한다는 것이지.

미요와 춤 연습은 파트너와의 호흡을 맞추고, 있을지도 모르는 돌발 사태에 유연하게 대응하기 위한 실전을·숙지하는 정도.

그림 같은 우아한 폼이 나올지는 자신없지만 파트너의 발등에 멍만 들지 않으면 대성공이잖은가.

아무튼 현실이든 가상이든 복잡하게 꼬인 일상사로 인한 걱정이 경쾌한 발놀림과 일치된 호흡, 분위기있는 음악 속에 스르륵 사라져 갔다.

완전 진지, 몰입 모드 돌입!

한데 몰입하면 자연 동화율이 올라갈 수밖에 없었으니……

> **매서커의 동화율이 58%에 달합니다.**

나 너무 몰입했나?!

'어, 어, 발이……'

와당탕—!!

"와앗!"

"아얏ㅡ!!"

동화율이 50%를 넘기 시작하자 발이 꼬이더니 사정없이 미요를 깔아뭉개 버리고 만 것이다. 그럼 그렇지.

늑대의 부활?

아니라니까ㅡ?!

흉내 낼 게 따로 있지 무려 유럽 챔피언의 스텝이다.

동화율을 높이면 지오의 비중이 커져 버린다.

바로 그거다. 유럽 챔피언의 스텝을 '개 발'이 잠식하고 만 것이다.

구름을 거니는 듯한 발걸음이 땅속에 숨긴 뼈다귀를 찾는 개 발의 분주함으로 변하고 만 것이다.

'제길, 이건 동화율 억제가 관건이잖아. 거참, 역시 쉬운 게 아니야.'

"아웅, 내가 누구에 비해 상대적으로 빈약하다고 인정하지만 의식하지 못할 정도는 아니라고 생각하는데⋯⋯."

"잉?"

"느낌이 없는 거야? 아님 좀 더 다른 쪽으로 생각을 하는 거야?"

"으헛!"

손끝에 전해지는 뭉클한 감촉에 강시처럼 벌떡 일어섰다. 그리고 고개를 돌린 상태에서 손을 내밀어 미요를 급하게 일으켜 당겼다. 워낙 당황한 상태인지라 힘 조절에 실패하고 말았으니.

"아코!"

미요의 코가 콱, 하고 내 가슴에 부딪쳤다.

"…미안, 쏘리."

"조, 좋아. 나 좋다고 일어난 일인데 너그럽게 봐주지."

"……."

'나보다 더한 자아도취형 인간이 있다면, 그건 바로 너야!'

하지만 시선을 회피하며 어정쩡하게 웃을 수밖에.

나의 멋쩍음에 미요는 얼굴을 바싹 들이댔다. 이어 눈을 가늘게 모으며 제법 불량한 표정을 만든다.

뭔가 위협적인 모습을 연출하려고 하는 것 같은데 왠지 어울리진 않아.

더 들이밀며 물고 싶어진다. 어흥~

"어쨌든 나름의 정성도 있고 하니 무도회장에서 망신은 당하지 않겠어. 한데……."

망신은 무슨. 현질한 스킬을 무시하지 말라고. 그날 당신은 댄싱 퀸이 되는 거야.

"그.러.니.까… 무도회장에서 나 말고 다른 여성한테 이러면……."

그래, 어쩔 건데?

나의 도발적인 기세에 미요는 드레스 안쪽을 확 열어젖혔다.

······!!

눈앞이 순백으로 환해졌다.

'헉, 지금 뭐 하는 거야?!'

바비 인형이 울고 갈 것 같은 군살없는 매끈한 허벅지 밖으로 새파란 '어쌔신 블레이드'가 혀를 날름거리고 있다!

"등에 칼 맞는다."

"허읍!"

이미 가슴에 칼이 꽂혔습니다.

機甲戰記
Massacre
기갑전기 매서커

만사를 떨치고 싶으면 운동이 최고지만 운동할 형편이 안 된다면 당연히 노동이 최고다.

크극— 거대한 곡괭이 끝에 바위 뿌리가 걸렸다. 뿌리가 제법 깊다. 하나 좋아, 딱 걸렸어.

동화율을 끌어올려 마나 드라이브를 활성화시켰다. 마나 엔진에서 팽창해 터져 나오는 강력한 마력을 곡괭이 끝에 집중했다.

구우우우우웅—!!

"히얏—!"

버석, 끼이이— 와그덩, 둥탕! 와르르—!!

깊은 구덩이가 생기며 곡괭이에 걸린 바위가 삐져나왔다. 시원하게 뽑혀진 덧니처럼 대지 위로 바위가 그 크기의 전모를 고스란히 드러냈다.

뽑혀진 것은 최대 폭이 5미터에 달하는 거대 암반!

"오오오오ㅡ!!"

주변에 대기중인 일꾼들이 하루에도 두세 번 보는 광경 임에도 강철거인이 보여준 괴력에 탄성을 지르며 환호했다.

> 일꾼들이 협조도가 상승했습니다.
> 극! 초! 저임금임에도 불구하고 하루 3ㅁ분 동안 진지하게 진지 구축 공사에 몰입합니다.

> 암반 제거로 작업 효율이 상승했습니다.
> 오버 타임에 대한 추가 비용 발생 시 1ㅁ분에 달하는 인건비를 차감 청구합니다. 한 달, 인건비 3ㅁㅁ골드 절감 효과가 발생했습니다.

뭐 하냐고? 보는 그대로 땅 파고 있다.

골렘을 갖고 그저 성벽을 무너뜨리거나 망루를 부수는 데만 쓰라는 법은 없다. 지금처럼 건설적인 용도로 쓸 수 있어야 진정한 골렘 오너라 할 수 있는 것이다.

그 깊이가 심상치 않은데 혹시 운하라도 파냐고? 그럴 리가 있나. 하나 못할 일도 아니지.

경부운하로 수학여행을 다녀온 세대로서 바미안─쿤두
즈─카불을 잇는 대운하를 만들고 싶은 욕구가 불끈 치솟을
수밖에 없다. 이곳은 가상의 세계니 가상에서야 운하를 파든
하늘 길을 뚫든 무슨 상관이랴.

아참, 당시 수학여행의 학습 목적은 환경 재앙의 체험 탐방
이었다. 구세대가 저지른 뻘짓을 보고 오는 코스였단 말이지.

어쨌든 바미안을 아우르는 진지 구축 공사가 한창이다. 하
루 10시간 이상 강철거인을 이용해 홈 파기 작업을 했다.

이 골렘의 기동 시간이 떨어지면 저 골렘으로 옮겨 타는 식
으로 외성을 아우르는 미로 같은 진지를 만드는 중이다.

몰려든 피난민들을 나름 저렴(?)하게 고용해 참호를 파고
망루를 세우고 목책을 설치하고 있는 것이다.

"썩을, 스텝을 다듬어야 하는데 오늘 같은 날에도 공사를
독려해야 하니……."

왜 그리 열심이냐고?

'…빠듯한 잔고를 유지하려면 땀을 흘릴 수밖에.'

시간은 총알같이 흘러 드디어 무도회 개최 당일이 되었건
만 그 행사의 주인공은 땅을 파야만 하는 그런 상황에 몰려
있다.

무도회 개최일까지 영지와 E&T 안팎으로 무수한 사건 사
고가 있었다. 현실에선 형제 작업장의 인원을 늘리는 과정에
서 아래층에 똬리를 튼 거대 작업장과 저열한 신경전을 벌였

다. 물론 지금도 진행 중이다.

현실 세계의 문제는 제쳐 두고 가상 세계의 상황부터 보자. E&T 가상 세계는 악화 일로를 걷고 있다.

매일 하나의 영지가 몬스터 군단의 방문을 받아 성은 불타고 생산 터전은 초토화되어 가는 중이다.

하루에 두 곳의 영지가 무너져 내린 날도 있었다.

그게 뭐 대수겠냐 하겠지만 그 영지에 집을 마련하고 나름의 투자를 한 유저라면 땅을 치고 통탄할 사건이 일어난 셈이다. 몬스터 군단에게 함락됨과 동시에 모든 권리 관계가 제로로 돌아가기 때문이다.

그뿐만이 아니다. 한 영지가 몬스터 군단의 수중에 떨어졌다 함은 그만큼 유저들이 이용할 필드와 던전이 사라졌다는 뜻도 된다. 사람은 계속 유입되는데 놀이터는 줄어들었으니 새로운 참가자들의 원망이 하늘을 찌를 듯했다.

이런 상황 속에서도 유저들이 E&T를 떠나지 않는 게 참 용하지 않을 수 없다.

수십만 유저의 성원이 모인 파투 구현 사제단은 뭐 하고 있냐고? 그래, 내 말이 그 말이다.

여기서 발생한 문제. 바로 파편 전쟁에 참전한 유저들의 수와 능력이 막강함에도 사제단에서는 영지가 떨어지는 것을 수수방관하고 있다는 것이었으니……

거대 길드가 소유한 영지는 문제될 게 없지만 군소 길드가 차지한 영지는 좌불안석에 죽을 맛이 아닐 수 없는 거다.

나에게 골렘 한 대만이라도 팔아달라는 사절단이 줄줄이 방문하고 있는 것이 바로 그 때문. 심지어 거액의 보증금을 걸 테니 한 달만 빌려 달라는 영지도 부지기수다.

그 외교 사절의 접대를 미요가 하고 있다. 레이디다운 일이라며 아주 신나하더라.

하여튼 파투 사제단은 영지 전체가 성전 참여를 선포한 영지엔 기사단, 마법병단, 정령사단, 어쌔신 연대를 파견해 지원해 주고, 그렇지 않은 영지엔 일절 지원을 하지 않는 식으로 대응하고 있다.

파투 사제단의 무력이 투사된 영지는 영지 변두리 생산 기반은 초토화되더라도 영주성만큼은 꼭 지켜냈다.

자연 사제단의 힘은 급속도로 비대해지며 팽창일로에 있다.

사제단은 커뮤니티를 통해 몬스터 군단과 일대 결전을 준비한다는 말만 늘어놓으며 자신들에게 더욱 힘을 실어달라고 호소하고 있다. 결국 우호 세력을 끌어모으기에 급급하다고나 할까.

17만 유저들의 총화는 한 달 사이에 70만을 넘어 곧 100만 유저들의 총화로 커나가고 있는 중이다.

다 좋다.

개미 유저들이 언제 힘써보겠나. 그럴 수도 있다.

한데 성전 참여를 결정한 우호 영지에 성기사와 사제들이 수백 명씩 떼 지어 몰려다니며 민폐란 민폐는 다 끼치며 다니고 있는데도 사제단에선 이를 단속할 생각이 전혀 없다는 점이다.

오죽하면 '성스터 군단' 이라는 소리가 나올까.

아이러니!

사제단, 그들은 특권을 만들고 그 특권 위에 군림하기 시작했다. 사제단은 매일매일 포고를 남발하며 한국 E&T의 공룡이 되고 말았다.

나도 예외는 아니다. 카불을 점령한 후 사제단에서 달랑 서신 하나를 보내와 나를 캐허탈(?)하게 만들었다.

바미안 남작 친전.

사제단은 당신의 성전 참여를 끈기있게 인내력을 가지고 기다려 왔다. 그럼에도 불구하고 이기적인 당신은 3만 유저의 대의를 의심하고 비웃기까지 했으며 사제단의 고위 사제를 모욕하기까지 하였다.

남작, 당신은 모든 유저인의 적이 되려 하는가?

이에 새 빛 구현 사제단 최고 평의회 결정 사항을 전하고자 한다.

새 빛 구현 사제단 최고 평의회는 바미안 영지에 대한 어떠한 지원을 하지 않을 것임을 결의하는 바이다.

'오만한 죄인은 타락의 화염에 휩싸여 후회로 처절하게 울부짖을지어다—'

성전 선포 45일, 새 빛 구현 사제단 최고 평의회 제1호 발의.

추신:죄사함의 증거.

당신이 죄사함을 얻고자 한다면 사제단은 언제든지 당신을 포용하고 용서할 준비가 되어 있다. 그대에게 죄사함의 증거로 성전 기간 동안 타편 무구를 사제단에 맡길 것을 사려 깊은 배려심으로 권하노니, 재삼 숙고할지어다.

어떤가?

파투 구현 사제단을 '새 빛 구현 사제단'으로 이름을 바꾸며 별 고상을 다 떨면서 파편 무구에 눈독을 들이고 있음이다.

데스 로드 지오와 정령의 수호자 지오를 보스 몬스터로 전환하고픈 마음이 들지 않을 수 없는 거다.

역시 사람 수가 모이니 그 힘에 취하기는 순식간이다.

스스로 제어가 되지 않음이다.

그리고 슈레기는 역시 쓰레기였다.

카불을 함락한 직후 나타나지 않을 때 짐작은 했지만 누가 누구를 모욕했단 말인가.

성전 참여를 강권당한 내가 모욕을 느꼈으면 느꼈을 것이다.

그렇게 목적 성취를 위해 '나 아니면 안 된다' '오직 나만이 정의다' 식의 이권 단체의 아집이 진하게 풍겼다.

나는 이미 성전 참여를 권고받았을 때부터 사제단에 기댈 생각은 접은 상태다. 그저 그들이 원할 때 '짜잔ー' 등장해 거들어주겠다는 생각뿐이었다.

누가 누구의 지원이 필요한지 사제단은 생각을 다시 해야 할 것이다. 70만이 모이든 100만이 모이든 파편 무구 없이는 보스 몬스터를 처단할 수 없으니까.

다른 군소 길드의 영주들이 사제단에 빌붙어 아부하며 영지의 안전을 도모하든 말든 내 알 바 아니다.

내가 바미안을 아바타르로부터 지키고 확장했듯이 몬스터 군단의 침략도 혼자 힘으로 막아내 보일 테다.

인생, 뭐 있나?! 온몸으로 부딪치는 거지.

그리고 나에겐 강철거인이 있다!

지금 이 순간에도 그 강철거인을 앞세워 바미안을 거대한 병영으로 변모시키는 든든한 버팀목 역할을 하고 있잖은가.

강철거인뿐만이 아니다. 눈 아래를 보라.

바글바글 개미 떼처럼 움직이는 일꾼들이 있다.

영차ー 영차ー 일꾼들의 목소리가 우렁차다. 이들 대부분이 이슈타르 피난민들로, 현재 진지 구축 공사에 필사적이다.

굉장한 협조가 아닐 수 없다.

원래 바미안은 만성적인 인력 부족 영지다. 허름한 창고 하

ㄴ 짓는 데 한 달 넘게 걸리는 형편이었다.

하나 지금은 사정이 다르다.

피난민들이 가세했다. 그 수는 무려 일일 5천여 명에 달한
다.

이들이 바미안 주변 벌목장과 채석장에 흩어져 원자재를
채취하는 등 진지 구축 공사에 자발적으로 참여하고 있다.

터전을 잃은 피난민들에게는 강철거인이 버티고 있는 바
미안 자체가 든든한 보루로, 언제 끝날지 알 수 없는 파편 전
쟁에서 안심할 수 있는 몇 안 되는 피난처로 생각하기 때문이
다.

만약 내게 강철거인이 없고 노동력을 전적으로 저들에게
의지해야 하는 상황이라면 그때도 저와 같은 적극적인 태도
토 일관할지는 자신없다.

NPC 이슈타르인들을 부리는 것은 기본적으로 '돈' 이니
까.

이들은 나의 영지민들이 아니기에 내가 영주로서 호감도와
신뢰도를 얻기 위해 굳이 설득하고 비위를 맞출 필요가 없다
는 장점까지 있다. 내가 학대한다 해도 누가 뭐라 할 것인가.

그리고 결정적으로 내가 이슈타르인들이 추구하는 영웅상
이라잖은가.

나에게 남작이라는 명예를 수여한 것이 바로 그들 자신들
이다.

이들은 자신들이 숭상하는 영웅을 위해 봉사하는 것이다.

다른 영지는 이런 누더기 피난민들을 도시 미관을 해치는 병충해 정도로 취급하고 있는 형편이라 매일매일 피난민들이 바미안으로 몰리고 있다.

나야 양팔을 가득 벌리고 받아들이기만 하면 된다.

고로 나는 쪽수의 저력을 실감하고 있다.

왜 다들 길드를 만들고 덩치를 키우려고 안달하는지 이해가 되었다.

자, 그럼 설명이 길었지만 정리해 보자.

내가 필요한 것은 인력, 피난민들이 필요한 것은 안전한 피난처. 그렇게 서로의 이해관계가 맞아떨어진 거다.

간단하다.

자, 그럼 그 한 달간의 결과를 보라—!

바미안의 허물어진 외성벽은 번듯하게 평균 높이 8미터의 웅장한 외관으로 거듭 태어나는 중이다. 총안과 탑루 같은 정밀한 부분은 한참 미흡하지만 멀리서 보면 예전같이 귀신 나올 집 같은 분위기는 풍기지 않고 있다.

그리고 해자엔 맑은 물이 찰랑찰랑 가득 채워져 있다.

겉모습만큼은 그림 같은 영주성을 만든 것이다.

이 역사적인 공사 중에 최대 난관은 해자를 복구할 때였다.

오랜 세월 흙먼지로 메워진 해자를 6미터 깊이로 퍼냈다.

해자의 폭은 무려 30미터나 된다.

그 진흙덩이를 레드 홀이 특수 제작한 수레에 담아 실어냈다. 야수가 끄는 덤프트럭이 따로 없다.

골렘이 삽질하고 거대 야수가 수레를 끄는 짤방이 지금도 돌아다니고 있다.

레드 홀, 드디어 놀고먹다 제대로 밥값을 하는 중이리라.

지금도 힘 자랑에 여념이 없다. 목재를 나르고 석재를 옮기는 등 지치지도 않고 가려운 곳을 긁어주고 있다.

어떻게 말을 잘 듣게 했냐고?

내가 이놈의 약점을 캐치한 결과다. 놈의 약점은 먹을 것이 아니었다.

어찌 된 것이 아이들의 환호성에 환장을 하는 것이다. 레드 홀은 바로 아이들에게 약했다.

큰 짐을 부린 후 빈 수레에 졸졸 뒤따르는 애들을 장난삼아 태웠는데, 그때 이후로 아주 열심히 수레를 끄는 것이었다.

수레를 채우면 자기를 무슨 플란더스의 개쯤으로 생각하는가 보다.

여하튼 바미의 계산대로라면 레드 홀이 하루 500명분의 일을 해내고 있다고 했다.

그리고 팁. 해자를 다시 파내는 과정에 세 곳의 던전이 드러났다. 폐허의 도시를 개발할수록 보유 던전이 늘어난다는 설정다운 부수입이라고나 할까.

뒤늦게 드러난 던전일수록 급수가 높다. 돈이 더 된다는 말.

하지만 현재까지는 가신단 위주로만 돌리고 있다.

골렘 부품이나 부위별 파트가 보상으로 튀어나오고 있기에.

뒤이어 밑바닥이 드러난 해자엔 물길을 당겨와 새파란 물을 찰랑찰랑 그득 채워놓았다.

물길을 당기는 데는 멜퀴에게 찐하게(?) 아부해야 했다.

멜퀴의 정령이 이룬 '물의 역사'는 12만 명의 인력이 9달은 매달려야 해낼 수 있는 대역사였다.

잠깐, 어떻게 아부했는지는 굴욕이니 궁금해하지 말지니, 놀아달라는 데 놀아주겠다고 했을 뿐이다.

미남계와는 다른, 나만의 또 다른 매력을 활용한 결과다.

그렇게 불과 한 달 만에 환골탈퇴한 바미안 성이 되었으니… 상전벽해(桑田碧海).

한 달 내도록 내 머릿속에 삽 한 자루 꽂은 결과다.

이것이 사기다!

아니, 퐈안~따지다!!

*   *   *

겉보기가 그럴듯하다면 성안의 사정은 어떨까?

분위기 좋다.

바미안 외성 내의 천막촌은 그사이 판자촌 군락으로 변모 중이다. 성냥불 한 번 그으면 활활 타오를 판잣집이지만 조금씩 바미안을 정착지로 선택하는 NPC들이 늘고 있다는 말이다. 거의 영지민 획득의 불로소득이 아닐 수 없다.

그 와중에 내성에 거주하는 기존 영지민들이 제일 신이 났다.

건축 붐이 일어난데다 피난민들이 소비하는 생필품들을 공급하면서 내성 상가는 활활 타오르는 불같은 활황을 구가하고 있다.

오죽하면 이슈타르 제국 멸망 이후 최고의 호경기가 바미안에 찾아왔다고 입을 벌리고 다닐까.

여파는 바미안을 경원시하던 유저인들에게까지 미쳐 상가 분양 의뢰가 줄 잇고 있었으니,

Lord

마지막 상가.

내성, 마지막 남은 점포에 유저인 출신 상인이 주인으로 나섰습니다.

그는 찻잔 세트, 고급 접시를 포함해 고급 식기류를 취급하고자 합니다. 도시 내에 그의 경쟁 상대는 아직 없습니다.

매달 5골드를 남작님께 납부할 것입니다.

독점을 인정하면 1골드를 납부하겠다고 합니다. 독점을 인정할까요?

독점이라니?!

말도 안 되는 소리!

아무리 사치품이라도 바미안엔 독점이 있을 수 없다.

이로써 내성에 그 많던 빈 상가들은 유저를 상대로 전부 분양을 마친 셈이다.

피난민에 비해 바미안을 이용하는 유저들이 별로 늘지 않은 점을 감안하면 기적에 가까운 사건이 아닐 수 없다.

왜 이런 일이 벌어졌을까.

유저들이 개설한 상점은 그 영업 대상의 대다수가 유저들이다.

그리고 장사 캐릭은 장사를 해야 성장한다.

한데 얼마나 많은 유저들이 몬스터 군단의 방문으로 상점을 잃었는지 모른다.

상인 캐릭으로서 그들 고유의 포인트를 관리하려면 수요가 없는 깡촌 영지에라도 상점은 개설해야 하는 상황이 벌어진 것이다.

고로 바미안엔 개점 휴업 상태로 상점을 개설한 유저들이 부지기수였으니, 이도 역시 불로소득이라면 불로소득이 아닐 수 없다.

그리고 이런 것도 있다.

Lord

젠트리 증가.

바미안에 월수입 1백 골드의 '젠트리'가 한 가구 생겨났습니다. 젠트리는 영주에 대한 신뢰도가 최고조에 있는 계층으로, 한 달에 1만골드씩의 세금을 납부합니다. 당신의 영주권 행사에 적극 협조하는 계층이죠. 현재 바미안의 젠트리는 18가구가 되었습니다.

젠트리는 말 그대로 도시의 부유한 신사 계층. 결국 내 덕에 부자가 된 영지민이 젠트리가 되는 것이다.

참고로 상업 도시 카불의 젠트리 수는 128가구에 달한다.

바미안이 카불을 따라가려면 아직 한참은 미치지 못하지만, 폭발적으로 증가하고 있으니 이것은 모두가 피난민 덕이 아닐 수 없다.

또 기본적으로,

Lord

영지민 증가.

'혼란스럽지만 기회의 땅이다!'

피난민 중 12가구 62명이 바미안의 영지민이 되기를 요청했습니다. 이들을 영지민으로 받아들이겠습니까? 이들을 영지민으로 받아들이면 총 영지민 수는 836가구, 3,458명에 달합니다. 매달 8골드 36실버의 세금을 납부합니다.

움하하하― 당연히 수용이지.

그렇다. 나의 영지에 자신들의 미래가 보인다고 판단하고 있음이다. 영지민이 처음에 500명이었던 걸 감안하면 엄청난 증가가 아닐 수 없다.

파편 전쟁의 혜택 아닌 혜택을 누리고 있음이다.

아무튼 바미안은 나의 당초 원대한 목표완 다르게 요새 도시로 변모해 가는 중이다.

*　　　*　　　*

비록 내 영지이지만 도시는 안팎으로 어수선하고 지저분하다. 정말 볼품없다. 긴장감도 팽팽하다.

그럼에도 나는 이 가운데 넘치는 활력이 마음에 든다.

이 활력에 취해 하루 온종일 삽질을 해도 지치지 않고 있다.

그러나 이렇게 하루 일과가 성장의 찬가에 붕 떠 있다가도 하루 일과의 종료를 알리는 도시 종소리가 울리면… 그 이후는 악몽의 시간으로 변한다.

미요와의 춤 연습이 시작되기 때문이 아니다. 이제는 즐기는 수준에 달했기에 문제될 게 없다.

그러면?

바미의 하루 회계 보고가 이루어지기 때문이다.

파티가 열리는 오늘도 어김없이 '지옥의 회계 시간'이 돌아왔으니…….

무기 제작소 1.

장궁 1ㅁㅁ자루가 제작 완료했습니다. 남작님의 구좌에서 1,ㅁㅁㅁ실버 인출되었습니다.

제작 완료된 크로스 보우 2ㅁ정이 입고되었습니다. 5ㅁㅁ실버 인출되었습니다.

무기 제작소 2.

장검 2ㅁ자루가 완성되었습니다. 남작님의 구좌에서 1,6ㅁㅁ실버 인출되었습니다. 장창 1ㅁㅁ자루 제작 완료되었습니다. 1,2ㅁㅁ실버 인출되었습니다.

※철괴 부족으로 더 이상 무기를 만들 수 없습니다.

소모품 제작소.

화살 2,ㅁㅁㅁ발이 병영에 비축되었습니다. 남작님의 구좌에서 2ㅁㅁ 실버 인출되었습니다.

퀘럴 2ㅁㅁ발이 병영에 비축되었습니다. 1ㅁㅁ실버 인출되었습니다.

※원자재가 바닥났습니다. 더 이상 퀘럴을 생산할 수 없습니다.

갑옷 제작소.

궁병 가죽 갑옷 2ㅁ세트가 제작 완료되었습니다. 남작님의 구좌에서 2ㅁ골드가 인출되었습니다.

검병 판금 갑옷 1ㅁ세트가 제작 완료되었습니다. 남작님의 구좌에서 8ㅁ골드가 인출되었습니다.

※부분적인 재료 부족으로 판금 갑옷 제작을 중지합니다.

판금 갑옷 장인들을 가죽 갑옷 제작으로 전환했습니다.

공성 무기 제작소.

2대의 투석기를 제작했습니다. 완성된 진지에 배치 완료했습니다. 남작님의 구좌에서 5ㅁ골드가 인출되었습니다.

※부품 부족으로 3대가 제작 대기 상태입니다.

공성 무기 장인들이 손을 놓고 있습니다.

…일 없으면 나가서 삽질이라도 하란 말이다.

…만성적인 금속 재료 부족 상태입니다.

> 무구 장인들이 골렘 정비창에 몰려가 항의할 태세입니다.

헉스와 일단의 금속 재료와 마법 금속 소모가 장난이 아니다.

둘 다 필받은 상태니까.

> **인건비.**
> 토목 인부들의 최소 인건비로 3,578명, 2브론즈씩… 715실버 6브론즈가 지급되었습니다.
> ※착취에 가까운 수준입니다. 인부들의 불만이 점점 커지고 있습니다. 이들을 위로할 방법을 강구하셔야 합니다.

…나도 불만 많다.

> **의용 민병대.**
> 현재 348명 모병이 이루어졌으며 약간 증가 추세입니다.
> 하루 6브론즈씩 2만8실버 8브론즈 지급하였습니다.
> ※장비 보급률이 형편없습니다. 사기는 엉망입니다.

피난민들 중에서 전투 유경험자를 모병했는데 별로 기대할 만한 수와 질은 아니다. 뭐, 그래서 이렇게 외성 밖에 진지를 구축하는 것이고.

아무튼,

젠장, 발랄한 목소리로 어떻게 저런 내용을 읊을 수 있단 말이지. 바미의 목소리는 더 이상 새의 지저귐으로 들리지 않았다.

전체적으로 나의 재정 상태는 분명 플러스 상태에 있다.

하나 만성적인 철궤 부족에 건축 자재난까지 겹쳐 하루 2십만 원씩 원재료 구입에 현질을 할 수밖에 없다는 게 문제다.

바미안은 파편 무구 서비스로 벌어들이는 수입을 완전히 상쇄하고 마이너스 재정 상태에 돌입한 지 오래다.

쿤두즈의 경우 던전 이용료, 영지민의 세금 등을 계산하면 하루 평균으로 6만 원의 수익을 내고 있고, 카불은 썩어도 준치라고 부유한 영지답게 하루 평균 24만 원의 수익을 내고 있다.

바미안이 까먹어도 하루 10만 원은 내 지갑에 차곡차곡 쌓이고 있는 셈이니 재정 상태가 나쁜 게 아니다.

그.러.나. 사람 마음이라는 게 어디 그런가.

부(富)라는 것은 있으면 있을수록 부족하게 느껴진다.

한데 그 부족하게 느껴지는 상태를 느낄 사이도 없이 이게 무슨 짓이란 말인지··· 미래를 위한 도시 기반 시설 투자도 아니고, 전쟁 준비를 위해 쏟아붓고 있으니··· 이게 전부 소모성

지출 아니던가.

'차라리 월 20만 원짜리 연금을 들었으면……'

본전 생각이 굴뚝같은데,

Lord

카불의 이상 징후.

'…너무하잖아, 왜 우리가 낸 세금이 바미안으로 흘러가는 거야?!'

'이건 착취나 다를 바 없어.'

카불의 젠트리들을 중심으로 바미안 남작에 대한 불만이 터져 나오고 있습니다. 이들이 카불 영지민들의 여론을 선동하기 전에 카불 영지를 위무하길 바랍니다.

이크, 화났구나.

…억울해도 지금은 할 수 없지. 바미안이 있어야 내가 있는 것이니. 그런 상황이다.

"몬스터 군단 오기만 해봐라. 이 지오님의 팔진도가 무언지 맛을 보여줄 테니까—!"

아우우우우— 내 돈!!

機甲戰記
Massacre
기갑전기 매서커

현실을 보자.

아래층 작업장과의 관계랄 것도 없는 관계가 생겨 버렸다.
이 덩치 큰 이웃과의 관계는 단연히 대립적이며 지극히 갈등
조이다.

그들이 맞상대로 인정하지 않으니 아직까진 경쟁적이진
않다.

여하튼 그간 '웃지 않는 눈'이 직접 나서기보다는 중간 보
스들이 차례로 나서 시답지 않은 신경전을 걸어왔다.

당연히 갈등의 핵심은 부러움에 있다.

옥상 자체가 원래 건물 거주인이라면 모두에게 공개된 장

소로 휴식을 취하러, 아니면 담소를 나누러 이용하기엔 그저 그만인 공간인 건 자타가 인정한다. 도시락을 싸서 다니는 알뜰족들이 모여 막간 도시락 파티를 벌일 수 있는 유일한 장소이기도.

그렇게 시시때때로 작업장 성원들이 막간을 이용해 옥상으로 많이들 올라온다.

공원 같은 느낌일 것이다.

그곳에 유리 성을 차지한 우리가 있다. 그리고 그들은 이웃인 우리를 살핀다.

작업자의 프라이버시를 보호하는 쾌적하고 널널한 기기 배치, AV 설비가 완비된 휴게실, 서가에 꽉 들어찬 만화책, 게임 캐릭터 피규어로 장식된 회의실, 왜 있는지 궁금증을 유발하는… 거대한 냉장고까지.

그리고 형제 작업장이라는 회사 현판을 보기에 이른다.

세상에 이런 작업장이 있다니!

작업자들의 펜트하우스가 있다면 바로 이곳.

벌집에서 먼지와 시름하며 폐에 가득 찬 오염된 공기를 배출하러 올라왔는데 펜트하우스 같은 작업장을 보게 된다면 '우린 이게 뭐야?!' 라고 외치는 작업자들이 한둘이 아닐 것이다.

거대 조직에 소속되어 있다는 덩치의 우월감은 순식간에 부러움으로 뒤바뀔지 모른다.

그렇다.

초라함은 크기의 문제가 아니다. 그 안에 담긴 내용물이 문제인 것이다.

원래 자신들이 가진 것은 잘 안 보이기 마련이고, 남이 가진 것만 유달리 커 보인다.

그 부러움이 시기와 질투로 이어져 불필요한 시비와 신경전으로 이어지는 것인데…….

쾅쾅―!!

문 두드리는 소리가 났다. 신경질적이고 거친 충격에 유리벽이 진동하며 작업장 내부가 웅웅 울렸다.

오늘은 또 무슨 시비거리인가? 이젠 별로 놀랍지도 않다.

아니나 다를까, 작업장 문이 열리자마자 다짜고짜 뛰어들어 고음을 터뜨리는 여성이 있었으니.

"그쪽에서 우리 작업장 멤버를 스카웃하려 했다면서요?"

우리가 언제? 변명은 물론, 당황할 사이도 없다.

다행히 다혈질인 큰곰이 운동 간 사이라 늘 냉정 침착한 작은곰이 이 독 오른 여성을 상대하기 위해 나섰다.

사리분별 명확하고 목소리에 설득력이 있는 작은곰이 이런 시비엔 적격이랄까. 큰곰이 나서면 고성에 멱살잡이는 기본이니.

그래서인지 일어서는 작은곰이의 표정이 캐허탈하다고나.

나는 일어서는 작은곰이에게 옆눈으로 '파이팅!'을 보낸 뒤 '개는 짖어라!'는 식으로 등을 돌린 상태로 업계 동향 검색에 열중했다.

'…이런, 한국 E&T에 외국인 투자자의 대거 이탈이라. Part 2 진행의 지지부진함이 제일 큰 이유라… 거참.'

이런 와중에도 등 뒤 동향은 모니터의 굴곡 면으로 엿보고 있다.

이렇게 이웃 작업장에 따지러 올 정도니 덩치 작업장에서 팀장 급은 될 것이다. 아니나 다를까, 반팔 트레이닝복 위에 부착된 금속으로 된 명찰이 빛에 반사되어 파노라마 모니터에 드리워져 반짝였다. 여성은 이십대 후반으로 보이는 눈이 가느다란 신경질적인 외모의 미인. 이마에 붉은 여드름이 성난 뿔처럼 딱 하나 돋아 있다. 전체적으로 면바지에 트레이닝복이 잘 어울렸다.

휘트니스 센터 트레이닝 코치 같은 분위기.

그런 전체적으로 플러스에 가까운 외모완 달리 이 여성도 웃지 않는 눈을 상사로 모셔서 그런지 자신이 누구라고 밝히는 데는 인색하다.

벌집에 관여하는 인간들이 우리에게 보내는 감정은 부러움 아니면 안중에 없다는 것인데, 물론 이 여성의 반응은 팀장 급답게 후자다.

그래서인지 작은곰이가 드리운 거대한 그림자에 지지 않

고 맞섰다.

"같은 공간에 있는 작업장끼리 기본적인 예의는 지켜야 되는 거 아닌가요?"

내 말이 그 말이다. 제발 좀 그쪽에서나 예의를 지키라고요.

'에혀, 시비도 아주 가지가지한다.'

생기가 잘잘 흐르는 특유의 어투로 작은곰이가 지나가는 투로 입을 열었다.

"한 시간 전인가요, 이곳 시급을 문의하러 온 그쪽 작업자는 있었습니다. 그러나 이쪽에서 당분간 충원 계획 없다고 돌려보냈고요."

'흥, 거짓말! 저번 주만 해도 작업자를 모집한다는 광고를 내놓고는 그런 변명이 통할 것 같아요?'

'우리가 지난주까지 작업자를 모집했던 건 사실입니다. 하나 그쪽에서 면접 자체를 원천적으로 막아버려 놓고 그런 소리를 하는 건 경우가 아니죠."

"무슨?!"

오가는 사람이 워낙 많으니 그녀는 지난주에 벌어진 막간 활극을 모를 수도 있지.

아아, 떠올리는 것만으로도 어깨가 아려온다.

"그럼 이 영상부터 보고 이야기합시다."

준비성 충실한 작은곰이답게 단말기에서 영상 하나를 열

어 문제의 여성에게 들이밀었다. 영상은 흥미진진한 활극이 포함되어 있어 상대를 금세 몰입시켰다.

로비에서의 보안 요원의 방해와 이에 항의하는 큰곰이의 고성, 이어지는 몸싸움… 다음은 먼저 찾아와서 이쪽 시급을 문의하는 작업원과 이를 정중히 돌려보내는 내 모습의 그림이 흘렀다.

"그림의 이분이 그쪽 팀원 맞죠?"

"……."

오해는 명쾌하게 풀렸다. 팀장에게 시급을 가지고 간 보기한 것이다.

우물쭈물. 그제야 준비없이 들이닥친 자신의 실책을 깨달았는지 얼굴이 벌게졌다. 돌입할 때의 기세와 기백은 그 어디에도 없다. 이마에 난 여드름이 벌게졌다.

상대를 입 다물게 만든 방금 전 그림에 대해 부연하자면, 면접을 막은 그쪽 보안 요원이랑 큰곰이가 일층 로비에서 뒤엉겨 붙은 걸 떼어내는 중에 다친 당사자가 있었으니 바로 나다.

몸싸움 중 어깻죽지를 전기봉에 가격당하고 말았다. 단연 고의적이다.

작업장 운영이 이렇게 험난한 업종일 줄이야.

'여하튼 게임 끝났네. 작은곰이, 저 싹퉁머리없는 아줌마 따끔하게 혼꾸녕 내서 쫓아버려요!'

나의 희망과 달리 작은곰이가 그림을 접으며 정중하게 말했다. 다 이해한다는 투로,

"실적에 팀원 관리까지… 스트레스에 쫓기다 보면 한쪽 말만 듣고 쉽게 움직일 수 있습니다. 저도 다 경험해 봐서 압니다."

옳지, 그렇게 조근조근 따져서 눈물을 펑펑 쏟게 만들라고. 다신 못 쳐들어오게!

상대는 잠잠하다. 고개를 푹 숙이고 말이 없다.

"그리고 설혹 우리가 그렇게 했더라도 이런 식의 방문은 아니라고 봅니다."

그래, 우리가 그렇게 하찮게 보이냔 말이다. 이곳도 엄연히 사업장이다. 어서 빨리 사과를 하란 말이다, 사과를!

"뭐, 지금까지 오해는 다 이웃이니까 이해할 수 있는 부분입니다. 저도 말 안 듣는 후배를 거느린 입장이기에 팀장님의 상황을 백번 이해합니다."

"…아."

어째 분위기가 이상하게 흐른다. 그리고 말 안 듣는 후배가 누구지? 슬슬 화나려 한다.

"그래서 말인데 이런 불상사가 없도록 하기 위해 상호 핫라인의 설치가 필요하지 싶은데… 팀장님의 존함과 연락처를 남겨주시면 안 될까요?"

뭐냐?! 저 멘트는… 이거, 작업 멘트 맞지?

"서로 업무 중엔 허심탄회한 대화가 이루어지지 않을 것 같아 그러는데… 김 팀장님의 일과 중 편한 시간을 알려주시면 안 될까요?"

　전입가경. 작은곰이가 이다지도 실전에 강한 인간이었을 줄이야. 이봐, 작은곰. 저쪽은 우리의 적이라고.

　내가 발작 직전이든 말든,

　"그리고 팀장님께선 자신의 경솔한 방문에 대해 사과의 뜻으로 차 한잔 대접하고 싶으신 것 같은데… 당연히 받아들일 용의가 있습니다."

　얼씨구!

　"일과 마친 후 연락 기다리겠습니다. 제 단말기 번호입니다. Send—! 그리고 제 시간은 팀장님을 위해서라면 늘 비워져 있습니다. 기대하고 있겠습니다."

　와우, 저건 내가 아는 작은곰이 아냐.

　저렇게 맹렬하게 '구직 활동'을 하는 인간을 여태까지 모르고 있었다니. 그렇군, 피아를 가릴 상황이 아닌 절박한 청춘인 게야. 그리고 지금 이 자리엔 큰곰이가 없지. 그래, 기회를 제대로 만난 것이군.

　아무튼 작은곰이가 소기의 목적을 달성하는 것을 등 뒤로 지켜보고야 말았다.

　김 팀장이라 소개한 여성은 처음 등장과는 다르게 새색시처럼 조용히 사라졌고, 작은곰이는 돌아서며 승리의 V를 그려 보였다.

잘났어, 정말!

"큰곰이에게는 일단 비밀! 똥차가 갈 생각을 안 하니까 이렇게라도 푸시를 해야지."

누가 뭐래요?

"흐흐, 어때? 저 아가씨? 나랑 말이 통할 것 같지 않아?"

…무서운 인간. 아니, 곰! 아니다, 늑대다―!

아무튼 아래층 덩어리들의 시비를 구직 활동으로 승화시킬 정도의 여유가 우리에게 생겼다고나 할까.

＊　　　　＊　　　　＊

우리는 덩어리들의 방해로 작업원 모집에 실패했다.

그런데 왜 그렇게 참으며 여유자적하냐고?

두들겨 맞았다면서?

배가 불러서가 아니다. 깜냥이 작아서도 아니다.

복수에 시간이 걸리는 만큼 냉혹해야 한다.

크고 작고를 떠나 사업은 다 같은 사업이다. 절대 무시당해선 안 되는 것이지, 암!

"…우리에겐 십만 대병이 필요합니다. 쪽수에는 쪽수로! 그래서 군자의 복수에는 시간이 필요한 겁니다."

밀폐된 기지에서 지낸 경험을 살려 두 곰이에게 보복 작전을 브리핑했다.

작업원 십만 명을 양성하자는 제안이냐고?

뭐, 비슷한 거다. 거기까지.

그렇게 작전명 '군자의 복수' 브리핑을 끝냈을 때 큰곰의 반응,

"군자의 복수? 흐흐흐, 상상만으로도 화가 풀리는데."

다 형 때문이야! 왜 쓸데없이 몸싸움을 벌여 가지곤⋯⋯.

사실 큰곰이가 무슨 일을 낼 것 같아 내가 먼저 나서지 않을 수 없었다. 큰곰이는 유치할수록 좋아한다. 그래서 그의 눈높이에 맞춘 보복 작전을 제의한 것이고.

가상 1세대다운 현실감 결여가 큰곰이에겐 있다. 대신 꿈은 선량하고 아름다우며 크다. 그리고 낙천적이다. 그에 반해 너무 현실적인 작은곰이는 신경질적이고 약간 비관적이다.

그래서 균형이 맞다.

"⋯작전명으로는 그저 그만이군."

마지못해 동의한다는 식의 작은곰. 깔끔한 성격상 작업장에서 십만대군을 양성한다는 것이 거시기(?)할 것이다. 하지만 그의 눈빛이 활활 타오르고 있음을 나는 놓치지 않았다.

작은곰, 그도 조용한 악동이다.

"좋습니다. 그럼 이제부터 군자의 복수 작전을 시행하겠습니다."

"오옷─!!"

"복수다!"

그렇게 폭행 사건에 엮여 큰곰이는 가해자로 나와 작은곰이는 참고인으로 경찰서를 수시로 들락거린 뒤에야 군자의 복수 작전에 돌입하게 되었다.

…그리고 이제 군자들이 일어날 때가 되었으니.

때는 새벽녘.

횡횡횡— 환풍기가 바람을 받아 힘없이 돌고 있다.

건물에 딸린 오래된 설비다.

위잉—! 하고 전기의 힘을 받아 힘차게 돌아야 할 설비이건만 여름 자연풍을 받아 흐느적거리고만 있다.

환풍구와 연결된 작업장에선 노동 감독관이 방문해야만 전기 모터에 스위치를 넣을 것이다.

아무튼 옥상으로 돌출한 환풍기의 개수는 무려 18개, 그리고 우리가 단시간에 조련한 '고생대 신사(?)'들로 구성된 군간도 18군단이나 된다.

18—!

그간 우리는 이날을 고대하며 갈색 망토를 두른 고생대 신사들에게 갖은 정성을 퍼부었다.

그 누구는 집착에 가까운 애정을 담기도.

얼마나 심도 깊이 공을 들였는지는 유리병을 통과해 뿜어져 나오는 갈색신사들의 망토의 번들한 윤기가 말해주고 있다.

반들반들, 새벽임에도 신사들이 뿜어내는 광채는 또렷하기만 하여라.

그리고 잔털로 가득 찬 길쭉한 다리는 또 어떠한가.

이 멋진 다리를 보고 '꺄악―!' 비명을 터뜨리지 않을 여성은 절대 없으리라.

이것이야말로 전율의 건각(健脚)!

그리고 신사의 상징인 멋들어진 수염은 또 어떠한가.

등 뒤로 날렵하게 뻗은 강철같이 곧은 선은 이 일족이 가진 불굴의 정신이 담겨 있음이다.

유성이 떨어져 공룡이 멸망해도, 빙하기가 닥쳐도, 매머드가 멸종해도, 핵폭탄이 떨어져도… 이들은 살아남아 일족의 정신을 증명했다. 이 얼마나 질긴 생명력이랴.

마치 우리를 보는 것 같다.

이 고생대 이후 진화를 멈춰 버린 신사들은 수줍음을 모른다. 어디든지 들이닥친다. 들이민다. 그리고 끈질기다.

지금도 매끄러운 유리벽을 타고 오르다 미끄러지고 떨어져도 재도전하길 멈추지 않는다.

끊임없는 도전!

마치 우리를 보는 것 같다.

어둠은 이들의 안식처지만 호기심을 참지 못하고 광명의 세계를 기웃거리며 탐험하기를 주저치 않는다. 우리는 그때

슬리퍼나 신문지를 말기도 하지만 지금은 이들의 광명 세계에 대한 호기심을 장려할 때.

바로 그렇다!

이제 이 불굴의 신사들을 험난한 사회로 내몰아야 할 때가 된 것이다.

"고생대의 신사들이여! 현재 지구의 주인은 인간이다. 하나 오늘부로 이 건물의 주인은 너희들이다—!"

"돌격 앞으로—!"

우수수수—

수직으로 연결된 환풍구에 한 개 군단씩 투하되었다. 갈색신사들이 환풍구 벽면에 부딪치며 나는 타닥타닥 소리는 'I'm OK!'를 외치는 것 같다.

그렇게 우리는 적진 투하를 무사히 끝냈다.

척— 강하병들의 건투를 기원하는 정중한 경례를 붙였다.

100% 전사가 분명한 작전. 무사 기원은 나도 원하지 않는다.

'돌아오면 죽어!!'

그 후 어떤 일이 덩치 작업장에 벌어질지 상상하자마자… 귀밑으로 입술 끝이 붙음을 느낄 수 있었다.

치사하고 지저분하다고?

Pay Back이 확실하다고 하는 거다.

그리고 이것이… 군자의 복수다.

＊　　　＊　　　＊

'페어리 웍스'의 대회의실, 월요일 오전 9시 30분.

전체 팀장 회의가 있는 날이다.

회의실 내엔 16명의 팀장이 한자리에 모여 있고, 회의용 대탁자 위론 17개의 종이컵에서 부드러운 갈색 연무를 피어내고 있다. 구수한 원두 커피향이 실내를 지배하는, 겉보기엔 화기애애한 풍경이다.

하나 이 공간을 지배하는 분위기는 향기만큼 여유롭진 않다.

마주한 팀장들 간의 눈인사는 듬성듬성이다. 그럴밖에.

페어리 웍스의 인사 고과 기준은 팀별 고과제이기에 팀장들 간엔 묘한 알력과 견제의 흐름이 존재하고 있는 것이다.

대작업장 '페어리 웍스'의 기본 조직 구조를 살펴보자면, 팀장은 열두 멤버를 거느리고, 한 명의 멤버는 본인을 포함한 12명을 한 크루로 묶어 관리하는 방식이다. 팀장이면 144명이나 되는 크루를 거느리고 있는 셈이니 어지간한 작업장 업주와 위상이 맞먹는다 할 수 있다.

이 공간에 자리한 팀장 중엔 억대 연봉자가 부지기수다. 그래서 옥상에 있는 형제 작업장 정도는 이들에게는 의미 두는 것조차 우스운 취미 동아리 정도로 여길 따름이다.

지금 그 16인의 팀장은 바싹 긴장한 채 단 한 사람, '웃지 않는 눈'의 말에 귀를 기울이고 있다.

한 달에 한 번 있는 이사관 주제 회의라서가 아니다.

팀장 자신들이 장교라면 그는 별이라 할 수 있다.

돈의 의한 상명하복이 이루어지는 이곳이 그런 세계다. 그리고 웃지 않는 눈은 그런 세계를 만든 사람 중 한 명이다.

기존에 없던 시장을 만든 진정한 사업가라 할 수 있다.

그런 사람이 자신들의 상사인 것이다.

"…이사한 후 한 달이 지나자 체계가 완벽하게 자리 잡은 상태입니다. 여러분, 이 한 달 동안 수고 많으셨습니다."

말이 끝나기가 무섭게 팀장들의 앵무새 합창이 이어졌다.

"수고 하셨습니다―!"

웃지 않는 눈이 간단하게 고개를 끄덕이며 다음 말을 이었다.

"곧 삼 교대 체제로 넘어가기 위한 조치가 있을 것입니다. 여덟 팀이 새로이 꾸려지는 거죠. 절반은 새로운 팀장이 영입되고, 나머지는 내부 발탁 인사로 충원할 것입니다."

"……."

"그리고 이 중 몇 분은 후배에게 자리를 양보해야 할 것입니다."

장내가 싸해졌다. 팀장 자신들도 그런 과정을 거쳐 발탁되었기에 이런 경영진의 상투적인 위협은 처음 듣는 이야기가 아니다. 하나 자신이 일게 멤버와 크루로 전락하다는 것은 상상만 해도 끔찍한 것이다.

작업장의 팀장이라도 다 같은 팀장이 아니다. 팀을 잘 굴리면 억대 연봉도 가능한 곳이 이 바닥의 팀장이니 왜 아니 그럴까. 물론 이 억대 연봉을 위해 자신의 수익을 조직 관리비로 투자해야 유지 가능한 연봉이지만 현 대한민국에 이런 벌이가 어디 흔한가.

그래서인지 이후 팀장들의 반응이 있었다.

어깨에 힘을 주며 자신만만한 사람이 있는가 하면 고개를 숙이며 비장한 표정으로 올 게 왔구나 식의 반응을 보이는 사람까지 다양했다.

웃지 않는 눈은 이런 팀장들의 다양한 분위기를 즐기며 이야기를 계속해 나갔다.

"한데 이번 팀별 고과 기준은 다르게 마련했습니다. 특별 작업장인만큼 뭐가 달라도 달라야겠지요."

"……?"

"그렇습니다. 이번의 팀별 고과 기준은 아이템 획득과 판매 같은 수익성에 맞추지 않았습니다. 물론, 수익성도 약간 참고하겠지만 팀원 중에 몇 명이 히든 클래스를 부여받았는지, 히든 스킬을 획득했는지, 그리고 제일 중요한… 골렘 오너 자격을 획득했는지가 평가의 관건입니다."

"……!"

이건 무슨 말인가.

장내 분위기가 일변했다, 자신만만하던 팀장들은 얼음 먹은 표정으로, 고개를 숙이던 팀장들은 눈을 반짝이며 화색이 만면이다.

팀장 중 한 명이 당황한 목소리로 급하게 말했다.

"고과 기준을 미리 알려주셨어야죠?"

"한 달 전, 오픈 식장에서 이 특별 작업장은 단기간을 보지 않고 좀 더 미래에 대한 장기적인 투자 성격이 강하다고 분명히 말씀드렸습니다. 장기적인 투자는 단순한 아이템 앵벌이를 말하는 게 아니죠. 팀원의 역량 강화에 힘써 달라고 두세 번 강조한 걸로 기억합니다만."

"……."

사실이다.

하나 수많은 크루들 앞에서 생색내기 식으로 그냥 하는 말인 줄 알았을 따름이지만 말이다.

"이 특별 작업장은 E&T로 인해 떨어진 그룹의 위상을 만회하기 위해 만든 공간으로, 이는 여러분이 인지하고 있는 사실입니다."

"……."

'웃지 않는 눈' 의 눈빛이 싸늘하게 빛났다,

"E&T는 플레이어의 능력이 수익으로 직결되는 가상 게임이라는 게 우리 그룹의 경영 지원팀의 분석입니다. 바로 플레이어의 능력이 바로 돈인 것입니다. 유능한 플레어를 육성하고 보유하느냐에 따라 그 작업장의 위상이 달라지는 것입니다."

"……."

"증거? 아바타르와 일전을 벌여 승리한 바미안 영주 같은 유저가 바로 그 증거입니다. E&T는 일인 전쟁이 가능한 시스템인 것입니다."

"……!"

말도 안 되는 사건이다. 하나,

"이는 단순한 해프닝이 아닙니다. 이런 일인 군단을 육성해내지 못하거나 또는 영입 못하는 작업장은… E&T에서 영향력을 잃고 마는 것입니다."

팀장들은 동감의 뜻으로 고개를 끄덕였다.

일인 전쟁의 동영상은 유저들 사이에 널리 퍼져 끊임없이 돌아다니고 있다.

"그래서 우리는 그룹 차원에서 이 바미안 영주를 이사에 준하는 대우로 영입하고자 움직이고 있습니다."

"오—!"

작은 술렁임이 있었다.

그룹 이사에 준하는 대우라 함은 연봉이 최소 3억에서 시작하니까. 물론 그룹 경영에 참여하진 않는다. 다만 게임 매체에 등장시켜 그룹의 대외 홍보 활동에 이용할 목적이리라.

"물론 여기 팀장님이나 멤버나 크루들에게도 이 기회는 열려 있습니다."

입에 발린 소리다. 아무튼 그런 벼락출세 유저를 부각시키는 것은 게임계의 전통이다.

당신도 게임을 통해 인생 역전할 수 있다!

사실이면서 사실이 아닌 이야기라 하겠다.

"현재 E&T엔 너도나도 바미안 영주 같은 행운아가 되려는 유저들이 몰려들고 있습니다. 유저 수가 어제 통계로 삼백만을 넘겼습니다. 해외의 분위기는 두말할 나위 없겠죠. 이런 가상 게임에서 우리 그룹이 도태된다는 것은 수익의 문제를 넘어 시장 지배력을 잃는 상황으로까지 발전할 수 있는 것입니다."

괜한 엄살이 아니다. 사실이다.

약간 고무되었던 분위기가 순식간에 가라앉았다.

E&T 게임 자체가 반(反)작업장, 반(反)거대 길드 성격이 강하다는 것은 팀장들도 플레이를 해봐서 알고 있다.

시스템 문제도 문제지만 게임을 지배하는 분위도 심상치 않다.

"현 E&T는 순수 유저들의 비율이 급증하고 있는 게임계의 노다지로 급부상하고 있습니다. 우리가 이 노다지를 잃어버리면 다른 게임들도 E&T를 벤치마킹할 테고, 그렇게 분위기가 전체 게임계가 흘러간다면 거대 작업장의 수익성은 급락

할 수밖에 없습니다. 여러분의 고.액. 연봉이 그냥 책정된 게 아닙니다."

"……."

팀장들의 모든 감각이 '웃지 않는 눈'의 입에 집중되었다.

"여러분과 내가, 아니, 우리가 시장 지배력을 가지고 있기에 제시 가능하고, 지불 가능한 연봉인 것입니다."

그 시발점이 될 수 있는 E&T에 자리를 잡아라, 이 말이다.

그렇게 웃지 않는 눈이 불어넣은 위기의식은 팀장들에게 깊이 파고들었다.

"여러분의 보수와 시급의 차별화는 그런 의미에서 이루어진 조치입니다. 반면 평가는 냉혹할 것입니다."

그룹에 소속된 수많은 작업장 중에서 이 특별 작업장만큼은 대우가 더욱 남다르다. 그래서 이렇게 외따로 작업장을 마련한 것일 테고.

"이 특별 작업장은 선발된 크루에서 팀장까지 우리 그룹에서 상위 8% 안에 드는 동화율을 가지고 있으며 그 동화율도한 시간 내내 유지하는 집중력이 발군인 플레이어들입니다."

팀장들도 인정한다. 그래서 정말 다루기 어려운 개성 강한 크루와 멤버가 부지기수라는 것.

유저적 경향이 강하다!

그리고 팀장들 하나하나 야심만만한 인물 아닌 사람이 없다.

그렇게 위아래 할 것 없이 다들 향상심으로 똘똘 뭉친 사람들로 작업장을 꾸렸다.

"여기 모인 크루들은 진정한 가상 세대들로, 그룹의 재원이라 할 수 있습니다. 상위 1%가 아닙니다. 0.1%입니다. 휘하 멤버와 크루들의 관리와 동태에 각별히 신경 써주십시오. 특히 크루의 작업장 이탈은 인사 고과에 크게 마이너스로 반영될 것입니다."

말하지 않아도 그래야 할 상황 아닌가.

본격적인 사람 장사가 시작된 것이리라.

장내의 분위기는 팽팽하다. 바싹 조였다 생각했는지 웃지 않는 눈은 부드러운 어조로 자신이 준비한 당근을 내밀었다.

그는 손가락으로 천장을 가리켰고, 팀장들의 눈이 그의 손끝을 절로 따랐다.

"보수 문제는 되었고… 당연히 팀 전체를 위한 상품도 준비했습니다. 여러분도 아시다시피 작업자라면 누구나 탐낼 만한 파라다이스적인 공간이… 바로 우리들의 머리 위, 옥상에 있습니다."

"……?"

"후후, 그들이 얼마나 이 건물에서 버텨낼 수 있겠습니까?"

"……!"

당연하다. 팀장들도 그렇게 생각한다.

단 세 명이 지키는 작업장이라니, 웃기는 '프로추어'라 할까.

그들이 작업계의 '하이 프로'면 또 어떠랴. 코웃음이 절로 나오는 전력임에는 변함이 없다.

"팀원들에게 공표하십시오. 다음달, 팀 고과에서 최고 성적을 거둔다면 그 옥상의 파라다이스는 바로 우리 팀의 파라다이스가 될 것이라고요."

"와―!"

좋다. 이건 괜찮은 상품이다.

팀장들은 웃지 않는 눈의 제안에 경직이 풀렸고, 눈들이 반짝였다.

푹푹 찌고 먼지투성이의 비좁은 작업장에서 호화로운 유리 성으로 팀원들을 데려갈 수 있다면 팀장으로서의 권위에 엄청난 보탬이 되는 보상이 아닐 수 없다.

그리고 그 장소를 지키기 위해 더욱더 열심히 하지 않을 수 없을 것이다. 먼저 선점하는 팀이 오래도록 그 자리를 지킬 게 자명하다.

웃지 않는 눈은 자신이 내건 당근에 팀장들의 분위기가 일변하는 걸 놓치지 않았다.

"…물론 아래에 위치한 두 개의 협력 업체에도 마찬가지로 제공될 공동 상품입니다. 3개 작업장, 60여 팀 중 최고의 팀에게 주어지는 일등 공간입니다. 최고의 팀이 최고의 장소에서—!"

작업장 슬로건은 만들어졌다.

최고의 팀이 최고의 장소에서!

"저는 그 공간을 여기 페어리 웍스에서 차지했으면 합니다. 모두들 분발해 주십시오."

"분발하겠습니다—!!"

열렬한 호응이 뒤를 이었다.

그렇게 웃지 않는 눈의 제안에 팀장들의 분위기가 확 바뀌었고, 서로의 눈치를 살피기에 여념이 없다.

다음달 고과에서 변화된 고과 제도에 따른 자신들의 위치가 어느 정도 될까 머릿속 계산이 복잡하다. 그리고 어떻게 고과를 쌓아올려야 할지도.

'ㅆㅂ, 히든 클래스가 뚝 떨어지는 아이템도 아니고……'

'ㄴㅁ— 히든 스킬 부여한다 했을 때 무조건 받아두라고 하는 건데……'

'아싸—! 어제 우리 팀에서 골렘 오너가 2명 탄생했다. 팀에서 쫓아냈으면 완전 쪽박 찰 뻔했잖아. 이게 다 그놈들 뺀질거리는 걸 다 참아낸 내 복이지, 암.'

'어쩌지? 팀 성향을 다시 파악해야 되잖아. 가만, 2팀장은 글 죽을상이더니 그새 얼굴이 폈네. 어?! 웃어? 재수없어.'

자연 서로에 대해 노골적인 경계심을 드러내고.

그렇게 서로를 탐색하는 사나운 분위기가 회의실을 다시 점령했다.

야망과 욕망이 뒤엉겨 뜨겁다면 나름 뜨거울 수도 있다.

이를 지켜보는 웃지 않는 눈의 눈이 부르르 떨렸다.

흥분하고 있음이다.

그렇다.

경쟁은 나의 도락이요, 경품은 유흥거리라.

고과는 나의 힘!

인사권은 나의 파워!!

자신의 힘이 고스란히 전달되고 반영되는 그런 공간에서 그는 넘쳐 나는 기쁨을 만끽하고 있음이다.

그렇게 그는 이런 분위기를 즐긴다, 아주.

'흐흣, 곰 세 마리! 너희들은 내 제안을 거부하지 말았어야 했다. 수천 명의 크루에게 옥상의 파라다이스가 경품으로 걸렸다고 선포되는 순간, 이 수천 명을 전부 적으로 돌려 버리게 되는 거야. 어느 누가 있어 경품을 동정할까. 나야 늘 그렇듯이 그 뒷정리만 가볍게 해주면 되는 것이고. 후후.'

상상만으로도 즐거움이 노도처럼 몰려왔다.

한데, 웃지 않는 눈의 이 유쾌한 상념은 곧 깨어졌다.

산산이!

원초적인 공포가 담긴 비명,

"꺄―!!"

몇 되지 않는 여성 팀장들이 제일 먼저 자지러졌다.

"…뭐야?!"

담대한 남성이라도 당황스럽기는 마찬가지다.

과연 이들을 공포와 당황에 빠지게 만든 것은 무엇일까.

그 주인공은…….

작다. 그리고 빠르다. 더불어 황홀한 윤기로 뻔지르르르 하다.

그렇다.

이들은 이 빌딩의 새로운 주인으로 명령받은 갈색신사들이었다. 이들이 자신에게 부여된 거주권을 행사하고자 등장한 것이다.

도로로로로로로로로―

기다란 회의 탁자 위로 빠르게 질주하는 갈색신사의 질주가 경쾌하다.

한 마리가 아니다. 두 마리가 종으로 질주를 하더니 네 마리가 횡으로 가로지르는 게 아닌가.

욕망으로 가득 찬 공간을 날개를 펼쳐 가득 안기까지.

그 힘찬 비약에 비명을 동반한 찬탄이 회의실을 가득 메웠다.

바닥 밑은 또 어떤가.

여기저기 갑자기 넓어져 버린 새로운 터전에 적응 못해 기웃거리는 갈색신사들이 부지기수다.

이미 여성 팀장들은 의자 위에 올라섰다. 위태롭게 발을 동동거리며 꺅꺅! 기성을 질러댔다.

인기 절정의 월드 스타가 눈앞에 나타난 것 같은 반응도 이보다 못하다.

탕탕―! 성질 급한 몇이 본능대로 파일철로 갈색신사들을 내려쳤다.

툭, 주르르륵.

"앗 뜨거!"

"이크크크―"

"그만! 잔 엎질렀잖아―!"

고성이 터지며 짜증스러운 둔탁한 소음과 버무려졌다.

뒤죽박죽, 회의실의 진중한 분위기는 온데간데없고 갈색신사를 피하고 쫓느라 서로 뒤엉기는 혼란이 발생했다.

갑작스러운 혼란에 어안이 벙벙할 수밖에 없는 웃지 않는 눈.

"갑자기 어디서 나타난 거야? 누가 가서 약 가져와, 빨리!"

장내의 상황에 짜증이 확 치밀어 올랐다.

팀장끼리 서로를 시기하며 질시하는 광경을 더 이상 즐길 수 없잖은가.

그런데……

회의실 밖에서 들리는 소음이 심상치가 않다.

"응?"

웃지 않는 눈은 급히 블라인더를 열어 회의실 밖 작업장 상황을 살폈다. 가느다란 눈이 지폐 투입구만큼 길어졌다.

방 밖의 저 그림은 또 뭐란 말인가.

"빌어먹을!"

작업자들이 단말기에서 몸을 뺀 상태에서 작업에 열중하지 못하고 웅성거리고 있다. 이 정도는 양호하다.

바닥에 기어다니는 갈색신사를 피해 팔딱거리는 작업자에서 살충제를 뿌리는 작업자에, 그리고 코를 막고 밖으로 몸을 피하는 작업자까지… 장내는 아우성이었다.

"야, 인마! 센서 망가졌잖아."

"아이참, 막 퀘스트 클리어 직전이었는데… 누구야? 등을 자꾸 간지럽히는 게? 으… 아악!"

"어디서 이렇게 나타난 거야?!"

그곳은 더 이상 장엄한 경관을 보여주던 작업장이 아니었다.

강림…….

갈색의 카오스!

*　　　*　　　*

소란은 곧 우리에게 전해졌다.

우리가 기대하고 고대하던 반응. 과장 하나 보태지 않고 건물이 요동쳤다.

바로 이거다! 경사 났네, 경사 났어!

"오호, 아래층 사운드가 죽여줍니다."

"이것이 테러 사운드! 역시, 너의 잔머리는 이럴 때 빛이 나는 것 같아."

"잔머리라니요?! 더불어 살아가는 사회에서의 전략전술이라는 겁니다."

"커커커―!"

나와 작은곰이 손바닥을 마주치고 팔꿈치를 맞부딪치며 작전 성공을 자축했다. 내려가서 실시간으로 보지 못한 게 서운할 뿐이다.

아무튼,

아, 깨운해!

이런 걸 복수라 하는 것이지.

그런데 큰곰이의 반응이 영 시원치 않다.

"…하지만 한 달간 정이 들었었는데……."

잉?! 도대체 누구랑 정이 들었단 말인가?

설마 지금 아래층에서 고군분투하고 계시는 갈색신사들과?!

아놔~ 큰곰이가 질긴 생명력 어쩌고저쩌고 하며 바라보

는 눈이 예사롭지 않을 때 알아봤어야 했어.

'거참, 별 해괴한 곳에 정을 주고 그러시네.'

그러나 나는 큰곰이를 미워할 수가 없다, 그의 영혼은 여리고 애정이 넘치기에.

갈색신사들에게 쏟는 그의 정성은 정말 닭살 돋는 그림이었다. 떠올리기만 해도 소름 돋는다.

누가 이런 큰곰이를 폭력적 성향의 요주의 인격체라 칭할 수 있단 말인가.

큰곰이가 작은 생물을 매 시간마다 돌보며 아끼는 섬세한 영혼의 소유자임을 나는 보증할 수 있다.

애정의 시작이 삐뚤어진 복수심의 발로일지라도 갈색 군단에 대해 그가 보여준 정성은 질투가 날 정도.

하나 지금 갈색신사들은 적들과 고군분투 중이고 우리는 이들의 존재를 부인해야만 한다.

갈색신사들이 비밀을 지킬 것이라는 것을 믿어 의심치 않을 수 없다.

오호, 통재라!

그렇다, 우리는 갈색신사들의 육즙 터지는 희생을 헛되이 해서는 아니 된다.

나는 큰곰이의 어깨에 손을 얹고 목소리를 낮게 깔았다.

"형, 나까지는 형의 정신세계를 이해하거든. 아니, 어떻게든 이해할게."

"응? 고마워."

"그러니까, 장가가거든 열심히 키워보라고요. 형수님에게 아주 사랑받을 겁니다."

"……."

큰곰이의 아픔 가득한 눈에 핏발이 곤두섰다.

"…됐네!!"

그제야 정신이 드는지 어깨에 올려진 손을 뿌리치는 큰곰이다.

쯧, 장가는 가고 싶은 게야.

아무튼 아래층에서 울려 퍼지는 전장의 소음은 시간이 갈수록 커져만 갔으니.

찢어지는 비명, 고함, 욕설, 분노에 찬 짜증까지…….

얼쑤얼쑤!

쪽수에 밀린다고 복수를 그만둘 내가 아니다. 쪽수엔 그에 합당한 쪽수로.

웅성웅성.

드디어 아래층 작업자들이 피할 곳을 찾아 옥상으로 올라오기 시작했다.

표정들이 가관이로세. 패잔병들이 따로 없다.

오호, 저기 웃지 않은 눈도 나와 있다.

너 잘 걸렸다.

우리는 시침 뚝 떼고 그가 있는 옥상 출입구로 향했다.

영문을 알 수 없다는 얼굴로.

'웃지 않는 눈'은 단말기에 대고 신경질적으로 지시를 내리고 있다.

"그러니까, 비용이 얼마 들어도 좋으니까 당장 와서 방역 조치를 해달란 말입니다."

그는 우리를 보고는 몸을 돌렸다.

"…예, 예. 아니, 뭐라고요?! 방역 조치 후 삼 일간 건물을 이용 못한단 말입니까?"

당연하지. 독한 연기는 인체에 해롭거든. 아주―

"삼 일간 작업을 못하면 손해가 얼마인 줄 아시고 하는 소립니까?"

손해가 엄청날 거야. 그러니까 날 건들질 말았어야지.

그는 우리가 있다는 걸 그제야 의식했는지 서둘러 통화를 마쳤다.

"…아무튼 빨리 방역팀 출동시켜 주십시오."

'웃지 않는 눈'은 그렇게 통화를 마치고 허― 하는 허탈한 신음을 짧게 내뱉었다.

그래, 기가 막힐 것이다.

사람 염장을 지르려면 이때 질러야 한다.

나는 웃지 않는 눈을 위시한 작업장 간부들을 주욱 훑어보며,

"이놈의 바퀴벌레들은 여름만 되면 데모를 해요. 옥상에 올라와 봐야 먹을 게 뭐 있다고 꾸역꾸역 올라오는지."

그들의 인상이 딱딱하게 굳었고, 두 곰의 변죽이 뒤를 이었다.

"허이구, 이놈 보게. 뭘 먹었는지 살 오른 것 좀 봐."

"그러게 완전 사육을 했구만, 했어. 오가는 인간들이 많으니까 바퀴만 늘었어."

"저런저런, 소방차까지 출동했으니 곧 근로 감독관도 오겠구나."

웃지 않는 눈을 위시해 그간 시비를 걸어오던 간부들의 얼굴이 보기 좋게 구겨졌다. 얼굴색은 붉으락푸르락.

삐뽀, 삐뽀.

건물 아래 소방차가 토해내는 사이렌이 호들갑스럽다. 작업자 중 누군가 급한 대로 신고한 것이리라.

간부들이 옥상에 한가하게 피신해 있을 수 없는 상황이다.

마지막 퍼포먼스.

"이딴 바퀴들은 요로콤 밟아줘야 된다니까."

빠직—

나는 보란 듯이 옥상까지 올라온 갈색신사들을 매몰차게 짓이겼다. 과도한 애정을 투사한 큰곰이도 마찬가지로 따라 했다.

이런 걸 '신사의 변심은 무죄'라 하는 거다.

우리의 이런 퍼포먼스에 웃지 않는 눈이 웃기 시작했다.

그 웃지 않는 눈까지 전부 동원해서 말이다.

하지만 그에게 전해지는 감정은 '나 정말 화났어!' 였다.

옳거니, 화가 나야 눈이 웃는 양반이군.

그리고 금전적으로 손해를 봐야 웃는다는 것도. 좋은 정보다.

우리는 그가 그러거나 말거나, 그들이 화를 내거나 말거나 옥상 문을 넘어오는 갈색신사들을 매몰스럽게 짓이길 뿐이다.

이렇든 저렇든 갈색신사들의 고향 방문을 용납할 상황은 아니니까.

웃지 않는 눈은 가만히 우리들의 행동을 한동안 지켜보다 콧방귀를 뀌고는 작업장 간부들을 이끌고 내려갔다.

하나 분노로 어깨가 부르르 떨고 있음을 내 눈은 놓치지 않았다.

아디오스-!!

Act 07
독립? 축출?!

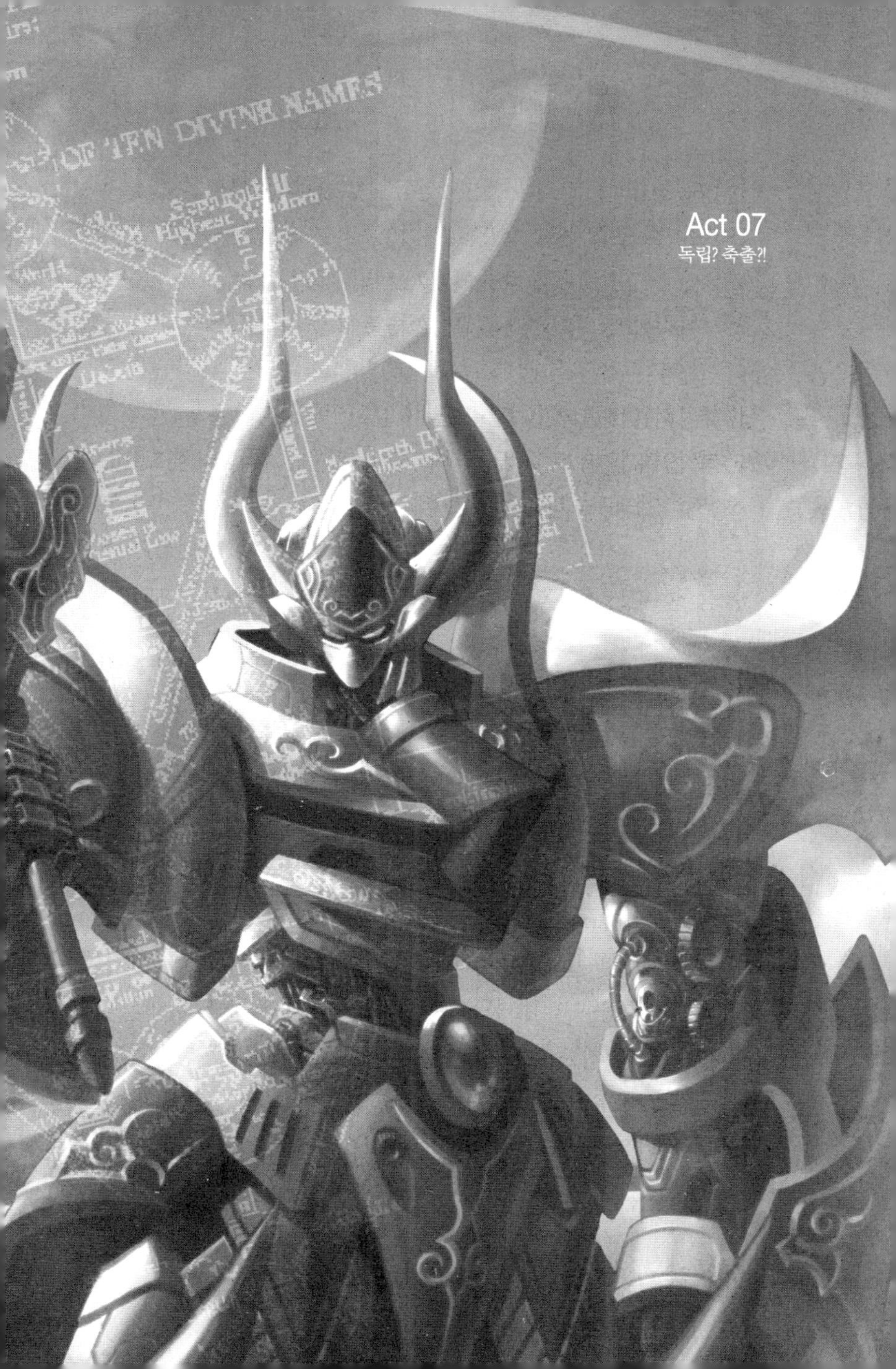

機甲戰記
Massacre
기갑전기 매서커

한 달여 만에 돌아온 집안 상황이 심상치 않다.

갑작스러운 가족 회의라는 긴급 호출에 불안했는데 흐느끼는 소리가 문밖에까지 새어 나오고 있다. '망할' 이라든지 '있을 수 없어―' 라는 말이 반복해서 터져 나오고 있다. 흐느끼는 소리도 사나운 토로도 단 한 사람의 입에서 모두 나오고 있다. 지은이다.

무슨 일일까?

"…저 왔어요."

다들 안중에 없다.

그도 그럴 것이, 폭주하는 일인의 존재감이 막강하기 때문이다.

막둥이 지은이가 어깨까지 올라오는 분홍색 바이오 글러브를 착용한 상태로 눈물 콧물 범벅이 되어 있고, 그 옆에서 안쓰럽게 다독이는 어머니가 계셨다. 어머니의 눈가도 붉었다.

'저 분홍색 글러브는 내가 추천한 아이템이 아닌데……'

어찌 보이는 게 이런 것만 보이는지.

아무튼,

거실 겸 가족 회의실인 식당엔 '거참―' 만 연발하는 아버지와 평상복 차림의 지혜만이 별일 아니라는 듯이 앉아 있다.

'평일이라 아직 근무 시간일 텐데 지혜가 먼저 와 있네?'

가족 모두 나를 보았을 터인데 여전히 모두의 관심이 폭주하는 지은이에게 쏠려 있다.

…그림이 그려졌다.

'어쩐지 시급이 수상하다 했어.'

지은이가 요즘 한창 유행하고 있는 아르바이트 사기를 당한 것이리라.

고가의 물품에 높은 시급의 아르바이트를 끼워주는 방식인데, 그중 가상 플레이어 기기는 젊은이들을 쉬이 낚을 수 있는 고가의 아이템이 아닐 수 없다.

그 옛날 옥돌 매트니 자석요를 파는 다단계 사기가 청년 실업자들을 수렁에 빠뜨렸는데, 지금은 그 자리를 가상 게임기기가 차지한 셈이다.

이 신종 사기꾼들의 시나리오는 심플하면서도 고전적이다. 어디서 만들다 만 가상 게임을 사들인 후 세계 유수의 투자사에서 투자를 받았다는 식으로 대중매체에 노출시킨다. 그리고 이를 과대 포장해 구직자를 모집한 후 기기를 끼워 판다. 이후 발생하는 급료는 다른 액세서리 기기를 떠넘기는 식으로 해결하고, 종국엔 멤버니 팀장 같은 직책을 미끼로 주변 지인들을 데려오도록 유도하는 단계로 넘어간다.

그렇게 자연스레 피라미드가 완성되고… 그리고 뻥—!!

지금 누가 그런 수법에 당할까 하겠지만 게임 산업이라는 전통 산업이 있고 주변엔 작업장이 흔하기에 당할 수밖에 없는 것이다.

'어떻게 위로해야 하지? 같이 게임하자고 하면 온 식구들이 미친놈 취급하겠지? 지은이 자존심을 건드리지 않는 방향으로 마무리는 해야 하고… 거참, 만만치가 않네.'

수가 생각났다!

'기본 가상 플레이어 단말기, 멀티 플레이어 단말기, 하이 엔드 감도 센서, 바이오 글러브는 기본 아이템이니까 이 오빠가 인수해 주마.'

난 왜 이리 착한 거지.

제대로 가상 세계를 즐기려면 하드웨어로 한방 가득 채워도 모자란다.

아니나 다를까, 문이 열린 지은이 방 안엔 요란한 외관의 정체를 알 수 없는 센서가 부착된 기기들로 가득 차 있고, 책상과 침대 같은 가구들은 방 밖으로 전부 밀려 나와 있다.

그 덕에 가뜩이나 좁은 집은 완전 이사 나가는 집 풍경이다.

기기들을 급하게 마구 떠넘긴 티가 여실히 드러났다.

때마침 지은이와 눈이 마주쳤다. 지은이의 눈이 빛났다.

삼 일 굶다 먹이를 찾은 송골매의 매서움이 느껴졌다.

'…말도 안 되는 기기를 결국 내가 떠안아야 한단 말인가. 안 돼! 있을 수 없어—!'

하나 생각은 생각일 뿐.

돈으로 받은 상처, 이 오빠가 해결하마!

그렇게 최면을 걸고 지은이를 위로하기 위해 다가갔다.

그런데,

"양보 못해. 절대 비킬 수 없어."

잉?! 뭘 비킬 수 없단 말이냐?

"이제 시작했는데… 보라고, 모두 개발사에서 그냥 준 거란 말이야. 내 재능을 인정한 개발사에서 전부 지원한 기기들이라고. 절대, 절대로 치울 수 없어. 포기 못해!"

아니, 그러니까… 그게 무슨 말이냐니까?

의문의 대답은 예상치도 못한 곳에서 튀어나왔다.

"나……."

나는 소리가 난 식탁 쪽으로 고개를 돌렸다.

무덤덤하게 입을 연 것은 우리 가족의 자랑이자 긍지인
'헬리건' 지혜였다.

"…짤렸어."

어, 짤렸어? 그럴 수도 있지. …가만?

비명에 가까운 고함이 터져 나왔다.

"뭐라고—?!"

*　　　　*　　　　*

공원 놀이터, 지혜는 오락가락 하늘에 가까웠다 땅에 가까
워지기를 쉼없이 반복하고 있다.

한 손에 아이스크림 통을 쥐고 다른 한 손으론 아이스크림
스푼을 입에 가져간다. 그렇게 양손을 그네 줄을 잡지 않은
상태에서 차고 올라갔다가 휘익— 바람을 일으키며 반대로
으른다.

지혜의 도전은 아찔한 높이까지 서슴없이 이어졌다 묘기
에 가까운 진자 운동이 아닐 수 없다.

'군대에서 그네만 탔나?! 짧은 다리로 아주 서커스를 하는
구나.'

아무튼 지혜는 지면에 내려오면서 한마디 툭 던지는 식으
로 자신이 처한 상황을 밝혔다.

"일자리 나누기… 그렇게 됐어."

"……."

그렇게 됐구나, 하고 고개를 끄덕이고 싶지만 그럴 순 없다.

절대로!

6개월간 교육사단에서의 재교육 후 12개월간의 무급 대기 발령 상태라니… 그것도 전투 헬기 파일럿에게.

물론 군대가 '일자리 나누기'가 적용되는 직장이 된 건 오래다. 일반 직업 군인의 경우 3년 복무하고 1년 정도 기본급만 받으며 교육사단에서 대기 상태에 있는 것을 당연하게 여기는 게 작금의 현실이다.

이를 '기간 긴' 순환 근무라 한다.

하나 여기서 예외인 직능이 있으니, 지혜처럼 고가의 군사 장비를 다루는 부사관과 장교들이다.

전투기, 헬기, 전차, 그리고 이 시대 전장의 총아, 슈팅 아머.

몸이 기억하고 있어야 제 기능을 발휘하는 고가 장비들이지 않은가. 그리고 이런 고가의 장비를 다루는 이들을 훈련시키고 유지하는 데 엄청난 시간과 비용을 들인다.

대표적으로 전투기 파일럿 한 명을 배출하기까지 100억이 든다.

그렇다. 일자리 나누기를 적용해 놀릴 수 없는 이들임을 정부도 알고 있다.

그런데 헬리건인 지혜를 교육사단에 배치해 뭘 재교육하겠단 말인가.

좋아, 다 좋다.

대한민국이 하도 많은 파일럿을 양성해서 그럴 수 있다 치자. 하나 지혜의 경우 무급 대기 상태가 덤으로 붙어 있다.

이건 누가 보아도 퇴출당한 것이다.

윗대가리들의 심기를 건드리지 않고서는 있을 수 없는 보복 인사 조치임이 분명하다.

그리고 지금 지혜는 아슬아슬한 그네 타기로 나의 추궁을 피하려 함이고.

'야이, 아이스크림 귀신아! 왜 퇴출당했는지 말하란 말이다!!'

이렇게 말하고 싶었지만 목구멍에서 꽉 매인 채 맴돌았고, 여러 가지 추측만이 머릿속에서 뭉게뭉게 일 뿐이다.

지혜의 긴 침묵에 그제야 뒤늦은 의문이 치켜들었다.

'지혜가 수도방위사단에 배속되었을 때부터 이상했어. 관사가 제공된다지만 지혜가 집에 오는 날은 거의 없었고… 주말에도.'

늘 대기 상태인 모종의 작전을 염두에 둔 배치가 아니고 무엇이랴.

'수도, 빌딩 숲, 헬리건… 민간 시설에 대한 정밀 타격 외엔

답이 없다. 민간?

번뜩 떠오르는 생각대로 높이 올라간 지혜의 등을 보고 말했다.

"명령불복종?! 그렇지?"

지혜를 태운 그네 줄이 낭창 출렁였고, 반쯤 남은 아이스크림 통이 땅에 툭 떨어졌다.

한참 후에야 그네 타기를 마친 지혜가 씁쓸하게 입을 열었다.

"…뭐, 내가 작전을 망쳤어. 거기까지."

지혜는 그 작전이 무엇인지 힌트조차 주지 않을 것이다.

눈에 댕글댕글 힘을 주는 게 고집을 피울 때의 전형적인 모습이다.

어딜, 이미 내 아이스크림을 뇌물로 제공했다.

"흐음, 그리고 맹목적인 책임감보단 내 양심이 떳떳함을 택했어."

지혜가 그렇다는데 내가 더 이상 뭐라 할 것인가.

아이스크림만 아깝군.

하나 한 가지만 더 확인하자.

"무급으로 1년간 대기라… 이런 결정은 인사 위원회를 거친 결과겠지?"

"허허, 땅강아지로 양키 군대도 군대라고 눈치챘구나. 그

이상은 군사기밀이라서 정부 문서 보존 기간이 풀릴 때까지 알려줄 수 없습니다. 충성!'

허허라니, 아가씨 웃음이 그게 뭐야.

"단!'

단?

"오빠가 2년간 무슨 일을 하고 왔는지 알려주면 나도 약간의 힌트를 던져 줄 순 있어."

궁금증이 싹 달아났다.

내가 2년간 어딜 다녀왔냐고?

나는 민간 군사 기관에 지원했다. 지원? 그런 형식을 취하긴 했지.

아무튼 2년간 '자본(資本)의 숫자'를 지키기 위한 임무를 수행했다. 그 임무엔 책임감은 물론, 양심도 지킬 수 없는 그런 일이다. 처음부터 그렇지는 않았지만 상황은 절박하게 진행되었고, 종국엔 오로지 생존을 위해 발버둥치는 인간들만 존재했을 뿐이었다.

"……."

지혜는 댕글한 눈으로 나에게 대답할 것을 재촉했다.

뭐야, 이 다 알고 있다는 뉘앙스가 느껴지는 이 태도는?

그만큼 나의 2년간이 지혜에겐 커다란 궁금증이리라. 아니, 온 가족의 궁금증이리라.

어디에도 자랑할 수 없는 경력을 쌓았다고, 그 정도만 말해

버려도 장교인 지혜는 금방 눈치챌 것이다. 절대 말할 수 없다. 힌트조차 줄 수 없다.

전 세계에 만연한 민간 군사 기관의 악행은 국가의 통제를 벗어난 지 오래다. 매스컴에선 민간 군사 기관이 행한 가혹 행위에 대해 맹비난을 퍼붓고 있다. 고발 프로의 단골 소재.

그 가운데 내가 있었다고 어떻게 말할 수 있느냔 말인가.

그렇다.

이것은 나만의 오욕으로 끝나야 한다.

"하핫, 나도 기업 비밀 엄수 서약을 해놓아서 나를 고용한 기업이 파산하지 않는 다음엔 힌트도 줄 수 없네요. 보안!"

대한민국이라는 기업이 파산할 일은 요원하니 죽을 때까지 비밀이다.

"피, 날 여전히 애로 알아요. 어쨌든 그럴 줄 알았어. 하지만 난 알고 말았어, 오빠가 정부와 모종의 거래를 했다는 걸."

"…무, 무슨?"

서늘한 불안감이 엄습했다.

지혜의 목소리엔 서글픔이 담겨 있는 게, 그냥 하는 넘겨짚기가 아니다.

"인사 위원회에서 입싼 대령이 아무것도 아니라는 투로 말하더라고. 내가 오빠 덕에 육군 항공대로, 그리고 헬기에 탈 수 있었다고……."

빌어먹을!

"그들은 오빠를 회유하기 위해 옵션으로 나를 넣은 거야. 그렇지?"

"……."

니밀, 거래 사실을 기록으로 남겨서 어쩌란 말인가. 그걸 조 이야기하는 대령이라는 작자도 어이없다.

하여간 펜대 굴리는 장교들은 이게 문제라니까.

아마 가족이니 지혜가 알고 있겠거니 하며 쉬이 짐작했으리라.

아무튼 ㅅㅂ이다!!

"그런 일 없다!"

잡아떼야 한다.

지혜의 어조가 더욱 씁쓸하다.

"오빠의 거짓말은 너무 티가 나. 오빠의 '그런 일 없다'는 그런 일 있었다는 말이거든."

"……."

가족이 이래서 무섭군.

"나 전투 헬기 조종사야. 그것도 장교라고. 정부가 벌인 해외 사업에 수요가 많은 직종과 직급이야. 왜 나에겐 오빠에게 했던 비슷한 제안이 없을 것이라 생각하지? 물론 나야 나를 움직일 만한 옵션이 없으니 해외 파견 제안을 거부할 수 있었어."

"……."

"해외 파견? 그 제안은 막 헬리건이 됐을 때였어. 그때는 보수가 5배라도 콧방귀 뀌며 거부할 수 있었어. 한데 지금 은… 자신없어."

"……?"

"이제 그들에겐 나에게 제안할 옵션이 생겼잖아. 2년간 민간 군사 기관에 파견 나가기만 하면 복직시켜 주겠다는 거야."

"……."

귓속이 지이이잉ー 하고 울려왔다.

눈을 감았다.

콰광ー!!

한밤의 폭음이 귓속을 때린다.

머릿속에 얕은 어둠이 스치며 검은 연기 자욱한 기지가 펼쳐진다.

밤새 이루어진 위성 포격에 철옹성 같은 기지는 걸레처럼 찢겨져 있다. 동틀 녘 잔해 속에서 바퀴벌레처럼 기어나온다.

구조 헬기가 도착하기를 기다리며 그 검은 하늘을 만신창이가 된 동료들과 멍하니 바라본다.

헬기가 검은 구름 사이로 나타나고 우리는 돌아갈 수 있다는 희망에 환성을 지른다. 그때, 빛 한줄기가 관통하며 헬기의 기체는 산산조각 나 머리 위에서 불똥을 뿌린다.

발치로 헬기 조종사의 헬멧이 굴러왔다. 헬멧 안에 주인이

고스란히 담겨 있다.

그 몸체에서 분리된 주인의 눈은 영문을 알 수 없다는 망연함으로 나를 향하고 있다.

…이것은 단지 시작일 뿐, 지옥은 이후 펼쳐졌다.

그렇게 한 프레임에 지난 2년간의 그림이 지나갔다.

머리를 흔들어도 섬광의 잔상이 떠나질 않는다.

시큼 진득한 파괴의 냄새가 몰려오며 핑, 하고 하늘이 돈다.

어지럽다. 구토가 치밀어 올라왔다.

벗어날 수 없다는 절망이 온몸을 지배한다.

그런 나를 지혜가 당황해하며 흔든다.

"오빠? 왜 그래?"

나도 모르게 눈앞에 선 지혜의 어깨를 꽉 붙들었다.

가면 안 돼!

그리고 야수처럼 울부짖었다.

"개, 개새끼들─ 죽여 버리겠어!!"

"오, 오빠……."

쓰고 있던 가면이 떨어져 나갔다.

*　　　　*　　　　*

나와 지혜는 나란히 붙어 그네를 타고 있다.

손가락으로 미는 것같이 진동의 폭은 좁고 느렸다. 멀리서 보면 사이좋은 오누이나 연인처럼 보이는 그림일 것이다.

지혜가 떨어뜨린 아이스크림 통을 야옹군이 능청스럽게 핥고 있다.

릴렉스, 릴렉스—

'어서 빨리 부서진 가면을 주워다 붙이자.'

히쭉, 해죽. 바보같이 헤픈 웃음을 날려 보내며 다정한 오빠의 모습으로 돌아왔지만 지혜의 외면은 길다. 그리고 차갑다.

거리감은 마치 경인운하 폭만큼은 되지 싶다.

'아씨, 그걸 못 참고 퓨즈가 끊어질 게 뭐람.'

하나 참을 게 따로 있지, 동생이 지옥의 초청장을 받았다는데 가만있으면 그게 오빠인가.

'내가 2년간 무엇을 하고 왔는지 제일 빨리 알아낼 사람이 가족 중 지혜가 되리라 예상은 했지만 이렇게 빨리, 그것도 이런 식은 아닌데… 쯧.'

지혜에게 추잡한 거래를 제안한 정부에 대해선 유감없다.

잡 풀(Job Poor), 워킹 풀(Working Poor).

일자리는 없고, 일은 해도 가난한 시대.

나와 지혜에게만 해당되는 이야기가 아니라서가 아니다.

대한민국 전통 수출 상품 중 하나가 사람이니 뭐라 할 것인

가. 과거 유아 수출 대국의 명성을 이젠 용병 수출 대국이라는 오명으로 바꾸었을 뿐이다.

무슨 명목이든 해외 인력 송출이라도 해 실업률을 끌어내릴 필요가 있으니까. 그래, 정책의 탈을 쓰고 있으니까.

그저 쉬쉬할 뿐이다.

미디어도 알면서 모른 체한 지 오래. 단지 그 폐해를 알려주지 않은 상태에서 거래가 이루어진다는 게 섭섭할 따름이다.

어쨌든 바이어에겐 한국 군인들이 인기 상품임에는 확실하다. 나라에서 적극 나서 민간 군사 기구에서 요구하는 스펙에 맞춰 교육시키니까. 스펙이 안 되면 미군에 교육을 의뢰하기도 한다. 나처럼.

지혜가 먼저 입을 열었다.

"솔직하게 말해. 2년간 어디 있다 온 거야?"

이 군발이야, 그게 지금 중요한 게 아니잖아.

"좋아, 직접 알아보는 수밖에."

"무, 무슨?!"

"말하지 않으면 내가 지원하고 만다."

…강수다. 너는 나를 너무 구석으로 모는구나.

오락가락하는 발로 맨땅을 차올렸다.

"다 이해할 수 있으니까 내가 자원해선 안 되는 이유를 말하라고! 나 화 무지 났거든!"

그래, 털어놓을 때가 되었다.

"…카츄샤로 군 생활은 그럭저럭 괜찮았어. 영어는 기본에 훈련은 익스트림 스포츠를 한다고 생각하면 그저 그만인 강도에 탄환 아까운지 모르고 총질도 실컷 해보고."

"탄피 주울 필요 없는 사격 말이지? 영문 편지로 자랑했던?"

"그래, 아무튼 땅강아지로 잘 지내는가 했어. 1년 지났을 때 즈음 따로 차출하더니 슈팅 아머를 훈련시키더라고. 가슴이 떨렸어. 감지덕지. 아무나 쌓을 수 없는 개인 스펙이 하나 쌓이는 거니까."

"꿈도 참 소박하셔. 땅강아지는 땅강아지면서."

허이구, 잘린 주제에 하늘의 긍지란 말이지?

이 아가씨야, 그 땅강아지가 탱크는 기본에 전투 헬기는 파리 잡듯이 잡았네요.

이크, 자랑거리가 아니다.

기침하는 척하며 땅의 자존심이 드러나는 얼굴을 급히 돌렸다.

"사회에 나가 이 기능으로 밥 벌어 먹는 데 지장없을 것 같았고, 군대 면허라는 것도 땄지. 다 좋았어."

정말 노멀한 희망만으로 행복한 때였다.

그래, 정말 그때까진 좋았다. 제대를 1주일 남긴 시점부턴 아니지만.

이후 어둑해질 때까지 긴 이야기를 해야 했다.

민간 군사 기구와의 계약, 희귀토를 채굴하는 노천 광산 기지에 도착, 느슨하고 지루하기만 한 풍경, 세계 각지에서 온 동료들… 어느 정도 견딜 만한 근무 환경까지.

지혜는 눈을 동그랗게 뜨고 열심히 들어주었다.

강 없고 호수도 없는, 끊임없이 이어지는 초원과 침엽수림대, 잔반을 기웃거리는 곰, 완벽하게 문명과 격리된 장소.

그만큼 해외 근무엔 낭만 아닌 낭만이 있긴 했으니까.

하나 이제 그녀의 낭만적 기대를 배신해야 하는 시간.

"…정치 환경과는 전혀 별개인 자본 간의 충돌이 발생했어. 어느 날 갑자기 철수 명령이 떨어졌고, 광부들과 광산 엔지니어들이 철수를 하더라고. 우리에겐 제법 강도 높은 경비 명령이 떨어졌어. 그러려니 했지. 그만큼 평화로운 곳이었으니까."

숨을 고른 후,

"한 달간 별일없더라고. 국적 불명의 로스케 실사단과 짱꿔 실사단이 상주하고부턴 오히려 대우도 좋아지고 더없이 평화로웠어. 한데… 어느 날 새벽, 위성 포격이 기지에 떨어졌어."

"위성 포격!!"

지혜의 도토리만 한 눈이 밤톨처럼 커졌다.

당해본 나도 말로 설명할 수 없는 경험이다. 맨땅에서 1미터씩 떴다 떨어졌다를 쉴 새 없이 반복해야 했다.

충격에 의한 공중 부양!

아무튼 이후 이야기는 쥐어짜야 할 만큼 고통스럽다.

하지만 해야 한다. 동생이 해외 파견 같은 것에 낭만을 품게 해선 안 되기에.

이후 벌어진 지옥을 이야기하는 내 목소리는 더없이 담담했다. 나 자신이 깜짝 놀랄 정도로.

이야기가 진행될수록 지혜의 손은 주먹이 쥐어져 펼쳐질 줄을 몰랐다. 손등 위로 돋은 핏줄이 파랬다.

그렇게 나와 나의 동료들은 땅에서부터, 군사 기구로부터 내팽개쳐졌다.

하루가 극한의 상황이었고, 그 다음날은 전날이 천국이었음을 증명하는 날의 연속이었다.

그렇게 나와 동료들은 함께 망가지고.

함께 부서져 갔고.

종국엔 미쳐 갔다.

철저히!

그리고 나는 그 지옥 속에서 살아남았다.

그것도 흉터 하나 없이 말이다.

누가 이런 나를 전장을 경험한 베테랑 용병이라 할 것인가.

그 흔한 문신도 새기지 않았다.

신체발부는 수지부모라, 모두 슈팅 아머 덕이 아닐 수 없었다.

Made in U.S.A!

소실되었으면 하는 기억을 모두 끄집어냈다. 전혀 후련하지 않다. 그렇게 복원 불가능했으면 하는 이야기를 마치자 긴 침묵이 흘렀다.

그네의 기어만이 성인의 체중을 못 이기고 삐걱댈 뿐이다.

지혜는 자신의 발끝을 바라보기만 할 뿐이다.

멍하다고나 할까.

그녀는 군인이니까 내 이야기가 영화나 르포를 보고 상상력으로 할 수 있는 이야기가 아니라는 걸 느꼈을 것이다.

그리고 군인이기에 나를 용서할 수 없을지도 모른다.

광산의 소유권을 놓고 또 다른 민간 군사 기구와의 전투… 지옥, 그리고 탈출… 귀환.

단순한 이야기지만 지혜는 그 속에서 내가 살아서 돌아왔다는 게 믿겨지지 않는다는 눈치다.

팔다리 하나 정도 없어야 믿어지는 내용들이니까 이해한다.

용병인 나를 용서할 수 없다 해도 이해한다.

이해하자!

만약 지혜에게 민간 군사 기구에 대한 환상이나 기대가 있었다면 지금 산산이 깨어졌기를 기대할 뿐이다.

물론 지혜를 원하는 민간 군사 기구가 분쟁 지역에서 활동하라는 법은 없다.

하나 무슨 명목으로 나가 있든지 현재 100만에 달하는 해외에 인력을 대한민국은 송출하고 있다. 전문 프로그래머에서 용접공까지, 그 가운데 2, 3만으로 추정되는 인력이 민간 군사 기구에 소속되어 오직 자본을 위해 활동하고 있다.

아무튼 그 전체 100만 가운데 하루 7명이 죽어 돌아오고 있다는 것은 정부 통계가 말해주고 있다.

그리고 실종자에 대한 통계는 집계조차 없다.

하루에 7명, 일 년 동안 자살하는 숫자보다 작다고 무시할 숫자는 아니다.

사람 목숨이니까.

그들은 선택의 폭이 좁혀진 상태에서 더 나은 미래를 위해 나갔지 죽기 위해 나간 게 아니지 않은가.

그런 가운데 그네의 작은 삐걱거림조차 들리지 않게 되었다.

무언의 공간이 이젠 버겁다.

그리고 천천히 지혜의 등이 억누르는 울음으로 떨리기 시작했다. 젠장, 동생을 울렸다. 다 큰 군발이 동생을…….

이 재주는 좀처럼 퇴보하지 않는군.

슬며시 자리를 뜨려는데 지혜가 입을 열었다.

"가지 마—!"

"…안 가."

짧은 침묵이 흐르고,

"…빌딩 숲에 숨은 악당을 잡으라는 명령이 떨어졌어."

"……!"

어이, 그거 군사기밀이라며?

"경찰이 진입할 수 없는 게토라서 군에 협조를 구한 거야. 그만큼 공격 헬기라야 타격할 수 있는 정밀한 목표였어."

군의 경찰 협조 작전이면… 이거 애매하긴 하군. 더 들어보자.

"악당이 정부(情婦)의 아파트에 도착했어. 자동소총으로 무장한 18명의 보디가드를 대동한 거물이더라고. 대단하지? 그것도 대한민국에서 말이야. 요란한 엄호라 7킬로미터 밖의 적외선 영상으로도 충분히 목표가 누구인지 알 수 있겠더라고."

그 위세를 떠는 악당은 마약상 아니면 자금 세탁업자이리라. 어쩌면 둘 다일지도. 여하튼 정부가 노리는 사회악이다.

"악당은 정부와 열렬히 포옹하더라고. 씨팔, 하고 발사 버튼을 누르려는데… 악당을 향해 작은 물체들이 줄줄이 일어나는 거야."

"……?"

"아이들이었어."

"……!"

"그 악당에게도 악당을 사랑하는 자식들은 있었던 거야. 악당은 그렇게 열렬히 환영받더라고."

빌어먹을!

나머지 뒷이야기는 들을 필요가 없다.

지혜가 울음을 누르며 물어왔다.

"…나, 잘한 거지?"

"야이, 빙충아! 물을 걸 물어라!"

"오빠가 만들어준 헬기 조종사의 꿈인데… 이젠 날 수 없어. 그래도 괜찮아?"

"……."

'나는 스위치를 눌렀다. 가족에게 돌아가기 위해… 마구, 마구!'

차마 이 말을 위로라고 할 수 없잖아.

그로 인한 한 템포 늦은 대답.

"잘했어, 괜찮아. 너무 자랑스러워. 그리고 고맙다, 말해줘서."

'잘했지. 옳게 행동한 거야. 절대 잘한 거야! 네가 양심의 짐은 짊어지지 않아 기뻐.'

그렇게 말하는데 눈물이 뚝뚝 떨어졌다. 고마워서.

지혜가 일어나 내 앞에 섰다. 그리고 나를 꼭 당겨 안아주었다.

"…돌아와서 기뻐. 그리고 고마워……."

"……."

순간, 억눌렀던 감정이 뚝 끊어졌다.

돌아와서 부모님을 보고도 흘리지 않았던 눈물이 마구 터져 나왔다.

나는 돌아와서 웃었다.

계속, 내내, 무슨 일이 있어도!

내 아픔을 전염시킬까 봐 울 수 없었다.

그렇게 억지웃음으로 눌렀던 눈물이기에 이젠 멈출 수가 없다.

그리고 '너는 살아!' 라며 서로를 지켜주던 동료들의 모습이 하나하나 모두 떠오른다. 지금 모두 웃고 있다.

가족의 품에 드디어 안긴 걸 축하해 주는 것 같다.

소리 내어 펑펑 울었다.

이제야 가족에게 돌아온 느낌이다.

그런 나를 지혜는 등을 쓰다듬으며 끝까지 위로해 주었다.

백조를 위로하러 나와 위로받다니… 쪽 팔린다.

*　　　　*　　　　*

그렇게 오누이가 흘린 뜨거운 눈물의 결과로… 나는 집에서 퇴출당했다. 뭐, 자발적인 결정이다.

지은이는 절대 자신의 공간을 양보할 생각이 없다. 당연하다. 지은이가 의뢰받은 게임은 취업 사기완 전혀 무관했다.

지은이 본인이 그 정도는 분별할 만큼 얌체인데다 근본적으로 지은이 자신이 만년 휴학생이라 피라미드 취업 사기에 쏟아부을 돈 자체가 없다는 것이다.

더불어 가족의 지원은 꿈도 꿀 수 없다.

전 가족 구성원이 독립 체산제로 살림을 꾸려 누가 얼마를 저축하고 있는지, 빚이 얼마인지 모른다.

관심을 가져서도 안 된다. 이는 부부 사이라도 마찬가지.

그게 무슨 가족이냐 하겠지만 이는 우리 가족만이 사정이 아니다.

대한민국 대다수를 차지하는 워킹 풀(Working Poor) 가정이 이런 식이다.

가족이 모여 있는 이유는 빠듯한 생활비를 아껴보자는 데 의미가 크다.

아무튼 지은이의 아르바이트 자리는 E&T가 관여한 개발사의 정식 의뢰였다.

감성지능에 특화된 유수의 개발사로, 정확히 E&T의 변태 같은 인공지능 엔진을 만들어낸 곳이었다. 개발사라기보다는 연구소에 가깝다.

이들도 필히 유저를 상대로 테스터를 거쳐야 하는데 지은이의 집요함과 영악함이 그들에게 많은 영감을 주고 있다는 것이다.

어떤 영감을 주었는지는 전혀 궁금하지 않다.

오빠를 괴롭히는 여동생, 오빠에게서 성공적으로 삥 뜯는 여동생… 이런 모드를 제공한 게 아닐까.

아무튼 6개월 고용 계약, 감사 편지에 시급은 가파르게 올라 무려 8,800원이다.

거참, 저 숏다리가 구르는 재주가 있었다니…….

'흥, 그래 봤자 샘플 인생!'

이런, 천재인 내가 질투를 하고 있다니.

여하튼 집이 비좁아진 것 빼고는 문제없다.

그로 인해 이제 우아한 한 마리 백조가 된 지혜가 있을 곳은 오직 한 곳, 방장이 두문불출하는 내 방뿐이다.

이로써 청년실업가인 이 지오님이 퇴출이 이루어지게 되었다.

나의 갑작스러운 잠적에 대한 부모님의 우려는 지혜의 보증으로 해결할 수 있었다.

단, 집과 지근거리에 거주지를 마련해야 한다는 조건에 주말엔 함께 식사해야 한다는 단서 조항이 붙은 채.

가족 회의는 이로써 끝이 났다.

서운함없이… 작업장으로 향하는 발걸음은 왠지 가볍다.

오늘 나는 진짜로 집에 돌아온 기분이다.

機甲戰記
Massacre
기갑전기 매서커

'아, 급하다, 급해. 절라 떽떽거리겠군.'

늦은 가족 식사를 마치자마자 작업장으로 뛰어야 했다. 오늘 하루는 왜 이리 바쁜지.

오늘의 메인이벤트는 따로 있다.

미요의 사교계 데뷔일!

이날을 위해 한 달을 시달렸다.

오늘 행사만 무사히 끝마치면 나는 당분간 자유.

자유를 위해 고고고─!!

급히 뛰어가는데 단말기에서 동전 떨어지는 경쾌한 소리가 연속으로 울렸다.

뗑그랑, 뗑그랑—

우잉?

"…지혜가 200만 원, 아버지가 150만 원, 어머니… 헉, 300만 원! 그리고 지은이… 50만 원. 하아—"

가족으로부터 협찬받은 나의 독립 자금이다.

내가 이 나라가 기대하는 청년실업가라며 지원을 마다했는데 기어이 보냈구나. 이어 문자가 연이어 들어왔다.

군발이:오빠, 나 결혼할 때 냉장고, 세탁기로 갚아. 그럼, 충성!

오, 그럼, 그럼! 싸랑해—!!

지켜주는 분:아들, 더 도와주지 못해 미안하군. 형편 풀리면 전동 자전거로 갚도록!
추신:절대 방문하지 않을 테니 여자 친구는 마음껏 초대하도록.

…끙, 그럴 일 없거든요!!

기다려 주는 분:우리 아들. 밥 거르지 말고, 밤새지 말고, 운동도 하고, 이불 꼭 덮고, …야식 줄이고, 길조심 하고, 독감

예방 접종 빠뜨리지 말고, …고, …고, …고.

누가 보면 해외 유학이라도 떠나는 줄 알겠네.
말이 없으신 분이 문자로는 할 말은 왜 이리 많으신지.

추신:네 동의가 필요한 일이 있단다. 미아 찾기 위치 추적 서비스를 신청했거든… 기분 나빠하지 말고 본인 확인 통신이 오면 동의해 주었으면 해. 착한 아들, 그럼 부탁해!

그래, 이 말을 하고 싶으신 거였어.
'크, 미아 찾기라니.'
연락은 곧 왔다.
지은 원죄가 있으니 나 자신을 '미아 방지 위치 추적 서비스'에 등록시켰다. …이 나이에.

뺑자:축! 독립! 추카추카!! 모두 내 덕이란 말씀. 응? 당장 뭐로든 갚고 싶다고? 역시 하나뿐인 오빠얌~ 그럼 뭘로 갚아 달라고 할까나?! 그래, 결정했어! 내가 독립할 때, 아니면 시집갈 때 홈시어터 시스템으로 갚아주세여~
추신:두 사람이 들어가는 아늑한 돔형으로, 당신의 능력을 믿습니다. V^^V

헉, 돔형 홈시어터… 바가지다!

50만 원짜리 돔형 홈시어터 시스템이 세상 어디 있냐고요─!

한데 왜 이리 온몸이 간지럽지?

둥둥 떠서 하늘로 올라갈 것 같다.

그래, 내가 이제야 '럭키 가이'에서 '해피 가이'로 레벨 업을 한 것이야.

무하하하핫, 나를 이제부터 해피 가이라 불러다오─!!

축하해 주는 당신, 복 받을 겨!

*　　　　*　　　　*

…늦었다.

시간은 제대로 맞추었는데 결과적으론 늦은 것이다.

홀 안은 이미 사람들로 가득 차 있다.

주인으로서 입구에 서서 입장하는 초대 손님들을 마중해야 했는데 초대 손님들이 너무도 일찍 들어찬 것이다.

한데, 왜 이렇게 분위기가 우중충하지?

화려하게 단장한 연회 홀엔 E&T에서 내로라하는 선남선녀들로 넘쳐 나고 있었다.

미요가 초대한 사교계의 거물들은 모두 온 것 같다.

사교계완 거리가 먼 완전무장한 유저들도 섞여 있지만 거슬릴 정도는 아니다.

이 공간은 완벽하게 평화지대로 설정되어 있으니까.

행사의 주최자인 나와 미요, 그리고 가신단만이 무력행사가 가능하다.

그리고 치리의 인맥으로 동원한 흑백이 선명한 메이드들도 상냥한 표정을 뿜내며 홀 요소요소에 잘 배치되어 있다.

미요를 여신처럼 떠받드는 바드 유저들까지 점잖은 연미복 차림으로 악단 자리를 넘치도록 메우고 있다.

늘 따분한 표정의 멜퀴가 아부 떠는 두 곰들을 거느리고 한 자리 차지하고 있다.

올 사람 다 왔고, 있을 사람 다 있다.

그림 좋다.

그런데 뭐가 문제냐고?

사람들 사이에 흐르는 분위기만 영— 아니라는 것이다. 살갗이 따가울 정도로 장내에 흐르는 분위기는 살기충천(殺氣衝天)하다.

'아, 젠장. 이게 무슨 무도회장 분위기야? 서로 견주고 노려보는 게 무슨 견원지간만 불러들인 것 같잖아.'

아무튼 방관자들은 극소수니까 일단 제외하고, 패는 대략 두 패로 나뉘어져 있다.

그 두 패 사이를 미요가 풍성한 드레스 단을 고쳐 잡고 왔다 갔다 하며 안절부절못한 채 양측의 비위를 맞추느라 여념이 없다. 미요의 얼굴은 거의 울상이다.

그리고 노골적으로, 일방적으로!!

'…무시당하고 있구나.'

이 잘난 사교계에서 그녀의 위치가 얼마나 낮은 것인지 극명하게 드러나는 그림이다.

'그랬군, 그래서 더 적극적이었어.'

뒤늦게 나타난 나를 확인한 미요가 나는 듯이 다가왔다.

오옷, 빠르다!

나를 향한 얼굴은 억지로 웃고 있지만 눈은 '죽었어!!' 라 말하고 있다. 그리고 활짝 웃는 얼굴에 살짝 눈물이 맺혀 있는 게 눌러놓은 억울함이 한가득이다.

'오오, 쏘리―!'

나는 비굴하게 손을 모았다.

그럼에도 다가오는 기세는… 이단 옆차기를 날릴 기세.

'어딜.'

나는 잽싸게 거리를 좁혀 다가온 미요의 손을 채듯이 당겨 옆에 세웠다. 하나 기세를 죽이지 못해 휘청하는 미요였다.

나는 가느다란 허리를 잡아채 넘어지려는 미요의 중심을 잡아주었다. 자연스레 상체가 살짝 젖혀지며 반쯤 포옹 상태가 만들어졌고, 기울이듯 마주한 미요의 얼굴은 화가 난 건지

부끄러운 건지 발그레 달아올랐다.

이렇게 마주한 상태에서 탱고 스텝을 밟으면 그것으로 그림이 된다. 그래서인가,

"오—!!"

장내엔 늑대들의 울음이 터지며 작은 박수가 터져 나왔다.

훗, 주인공의 등장은 이런 식이지.

그렇게 장내의 시선이 우리에게 쏠렸다.

그걸로 된 것이다.

미요를 자연스럽게 일으키며 손과 손을 올려 잡은 우아한 에스코트 자세를 잡았다. 각 나오게.

"흥!!"

미요가 작은 콧방귀를 날리며 나의 뻔뻔함에 저항했지만 사람들의 시선을 모을 수 있었으니 싫지만은 않은 느낌이다.

'후후, 어쩔 수 없는 무대 체질이라니까.'

"레이디 미요, 지금 손님들이 기다리고 있습니다."

"어머나, 이런 실례를……."

언제 기가 죽었냐는 듯 빠르게 화사 발랄 모드로 재무장하는 미요였다.

나는 그녀의 에너자이저!

이후 나는 미요가 이끄는 대로 자칭 사교계의 거목들 사이를 누비기 시작했다.

대다수가 E&T 초창기부터 자리 잡은 올드 유저답게 여유가 넘쳤다.

올드 유저라고 다 같은 올드 유저가 아니다.

E&T가 별 볼일 없었을 때부터 현질에 현질로 남보다 앞서나간 바로 '현질 대마왕'들이 있었으니, 여기 이들이 바로 그들이다.

미요의 정보대로라면 영지를 발전시키는 데 한 달에 일천만 원은 예사로 투자했다 한다.

그런 그들끼리는 서로 침범하지 않으며 소통한다.

이들을 비호하는 길드장 또는 길드 운영위원들로 인맥은 뻗어나가 '내려다보는 자'들만의 사교계가 탄생하기에 이른다.

그들끼리 이권 정보를 공유하며 사교계를 유지시킨다.

오로지 몸으로 때우는 나완 '현질의 깜냥' 자체가 다른 이들이다.

이들의 실제 삶까지 풍요와 여유로 둘러싸인 생활을 하고 있을 것 같은 느낌이 그래서 드는 것이리라.

이쪽에 소개하고 소개받고, 저쪽으로 건너가 인사하고 인사받고… 많기도 하지.

이 많은 사람들을 모두 머리에 담아둘 필요는 없다.

상대편도 마찬가지라는 듯이 형식적이고 건성건성 넘어갔다. 하나 예의 바른 신사적인 태도 속에서 보이지 않는 벽이 감지되기 시작했다.

무시하지도, 그렇다고 존중하지도 않는 묘한 사람 사이의 간격이라 할까.

굳이 마음 깊은 곳에 전해지는 감정으로 표현하라고 한다면 감추어진 시기, 질투, 그런 것이 아닐까 싶다.

시기, 질투…….

맞을 것이다.

자신들은 1년 가까이의 시간과 막대한 돈을 투자해 영지를 꾸리고 사교계를 만들었는데 나는 하늘에서 뚝 떨어지듯이 그들 세계에 들어왔기 때문이리라.

깡촌 영지의 영주로서 이 행사를 주최했으면 노골적으로 비웃었을 것이다. 아니, 참가는커녕 개무시했을 터이다.

한데 이 하늘에서 뚝 떨어진 깡촌 영주가 가진 힘이 만만 치가 않다. 그 힘은 Part 2로 넘어가기 전까진 너무도 강대하다.

좀 전 미요를 무시하던 태도를 나에게선 전혀 찾을 수가 없다.

질투라 함은 그 사람이 가진 무언가가 부럽기 때문에 생기는 감정의 골이 아니던가.

시간이 지날수록 이들이 원하는 것이 무엇인지 확연하게 느껴졌다. 솔직히 그들은 내가 가진 힘을 간절히 원하고 있을 것이다.

나에게 노골적으로 호의를 보내는 몇몇의 태도에서 그들이 바라는 '힘'이 무엇인지 읽혀졌다.

"허허헛, 영지를 발전시키려면 많은 자금이 필요할 터인데… 아이템을 정리하고 싶으면 의논해 드리겠습니다."

"귀하의 영지 경영에 참견하려는 것은 아니지만… 골렘이라는 귀한 아이템을 토목 작업에 이용하는 것은 그리 보기 좋은 그림이 아닙니다. 유저들의 환상을 깨는 측면이 있다는 이야기입니다. 뭐, 그렇다는 겁니다."

"골렘 한 기를 처분하셨더군요. 다음에 그럴 기회가 생기면 미리 이쪽에도 언질을 넣어주셨으면 합니다. 그러라고 있는 게 사교계니까요."

악수할 때마다 그들의 개인 단말기 번호가 차곡차곡 쌓여나갔다.

그렇게 하나둘 나에게서 바라는 힘이 무엇인지 노골적으로 언급되기 시작하자 나를 중심으로 인의 장막이 형성되기 시작했다.

그 외의 인물들도 오만하게 관심없는 척해도 귀는 모두 나에게 향하고 있다.

미요의 사교계 데뷔 축하보다는 마치 나에게 인맥을 뻗어 어떻게든 골렘 한 기라도 분양받으려는 속셈이 숨어 있었다.

차림만 세련되었지, 그 숨은 욕망은 유치했다.

대실망!

'사교계라더니, 별게 없군.'

미요는 정말 이런 인간들이 우글거리는 사회를 동경했단 말인가.

살짝 고개 숙인 미요의 얼굴이 어둡다.

그렇군, 그녀도 실망한 것이리라.

소녀다운 낭만을 기대했을 터인데 그냥 잘 차려입은 유저들의 모임일 뿐이잖은가. 아이템 상인들만 우글우글.

나는 미요의 손을 꽉 쥐는 것으로 내 나름의 위로를 전했다.

'자, 별거 없지? 갈고닦은 춤이나 추자고.'

그러자 미요가 나에게 싱긋 웃어 보였다.

부담스러울 정도로 그녀의 눈 안엔 내가 한가득이다.

그때였다.

고운 목소리가 우리 둘 사이의 교감을 방해했다.

"어머나, 두 분. 사이가 정말 좋아 보여요. 잠시 전엔 제가 오해를 했어요. 부군없이 바미안의 레이디만 사교계에 단독 데뷔하는 줄 알았답니다."

무리를 헤치고 다가온 목소리의 주인공은 청흑발의 눈매가 날카로운 여성으로, 판금 가슴받이에 정강이 길이의 간편한 치마 차림을 한 전형적인 여기사였다.

역시 사는 세계가 다른 미모의 소유자임에 확실하다.

미요가 그녀를 소개했다. 아주 어려워하는 눈치다.

"남작님, 이분은 드라고네 여후작이세요."

여후작은 여기사답게 악수를 청해왔다.

"드라고네 후작입니다."

"반갑습니다. 바미안 남작입니다."

'……!'

손아귀 힘이 장난이 아니다.

'어라, 이 아줌마는 고운 목소리완 다르게 완력이 장난이 아니군.'

한데 상대에 대한 탐색을 마치기도 전, 여후작이 나타난 반대편에서 인의 장막을 가르고 일단의 인물이 또다시 등장했다.

"안녕하세요, 바미안 남작. 전 마가디 여백작입니다. 차례를 기다리지 못하는 여기 누구 때문에 이렇게 무례를 저지르게 되었으니 주인 된 아량으로 이해해 주시길."

마가디 여백작이라 소개한 여성은 단정한 붉은 단발머리에 화려한 붉은 드레스가 어울리는 미인이다.

그녀는 화사하게 웃으며 내게 한쪽 눈을 찡끗했다.

여백작 역시 후작과 마찬가지로 오버 스펙 미모는 마찬가지인데 보이쉬한 느낌이 매력적이다. 목소리도 약간 허스키하다.

'둘이 복장을 바꾸는 게 더 어울리지 않을까' 하는 생각이 문득 들었다.

차림과 개성은 상반되지만 이 둘의 공통점이 있다면 좌중을 압도하는 카리스마가 느껴진다는 점.

가상에서조차 이 정도인데 실상은 어느 정도일까?

아무튼 붉은 머리 여백작이 나타나자마자 여후작이 잡은 손의 압력이 배가되었다. 놓아줄 생각이 없음인가?

"어머어머, 사납게 돋은 힘줄 좀 봐. 여성스럽지 못하게……."

여백작이 악수한 손 위를 접은 부채로 탁탁 쳐댔다.

물론 타격점은 정확하게 여후작의 손등.

그제야 꽉 잡은 손이 풀렸다.

여후작이 노려보거나 말거나 여백작은 수줍게 부채로 얼굴을 살짝 반쯤 가리고 내게 손등을 내밀었다.

어쩌라고? 아, 맞다!

나는 자동으로 여백작의 손등에 입을 맞추었다. 정중하게 예의를 갖춘 동작과 함께.

미요에게 받은 사교계 교육 효과로 완전 자동.

"호호, 저도 오늘의 주인공이 나타나지 않는 줄 알았답니다. 그동안 레이디 미요님이 후작님 때문에 많이 곤란하셨어요."

이 말이 끝나기도 전에 여후작의 콧바람이 후욱, 하고 날아왔다.

"홍―!! 레이디 미요를 이리 뻥 차고, 저리 뻥 찬 게 누구였더라? 또 사교계에 데뷔하려고 바미안 남작을 팔았다는 식으로 몰아붙인 게 누구였지?"

"사교계 데뷔를 취소시키겠다고 협박한 건 당신이야!"

"당신이라니?!"

삥싱— 빠자작—!

그 나름의 우아한 카리스마는 다 어디 가고 스파크가 터질 것 같은 사나운 눈싸움이 벌어졌다.

이게 다가 아니었다. 기다렸다는 듯이 대동한 무리들이 편을 나뉘어 사납게 노려보기 시작했다.

'왜들 이러세요?!'

서로를 노려보며 벌이는 신경전이 장난이 아니다.

양측의 보이지 않는 감정이 격돌하며 어디에도 속하지 못한 나와 미요를 휘감았다.

미요의 표정은 내가 홀에 들어왔을 때 바로 그 표정 그대로 돌아와 있다. 양측에 끼어 완전 풀이 죽어버렸다.

난감, 그 자체!

그때도 이런 식이었으리라.

'…가만, 미요가 열심히 오락가락한 게 바로 이 둘 때문?'

그제야 이 둘에 대해서 미요에게 교육받은 게 떠올랐다.

'저를 대하듯이 대해야 할 두 사람!' 이라는 어려운 주문까지 했었다.

후작파와 백작파!

바로 이 둘이 현 사교계 양대 파벌의 구심점이었다.

이 둘은 처음에 선의의 경쟁을 하며 사이가 그리 나쁘지 않았다 했다.

하나 Part 2 이행을 놓고 사교계의 역할론에서 의견이 갈라서고 말았으니, 기사 정복을 걸친 여후작을 중심으로 하는 무루파와 파티 드레스 차림의 어백작을 중심으로 하는 반(反)무루파로 나뉘어 대립하게 된 것이다.

여후작을 중심으로 하는 사교계는 무투파답게 성전기사단을 배후에서 지원하고 있고, 여백작을 중심으로 하는 사교계는 성전기사단 지원을 거부하며 관망하는 측이다.

'이 둘이 미요를 괴롭혔겠다?!'

내가 늦는 바람에 미요가 낭패를 경험한 셈이다. 이 허영 패거리들에게.

미요는 사교계 평판도, 즉 레이디 레벨 때문에 이 둘의 비위를 맞추느라 여념이 없었을 것이다. 사교계에 데뷔하려고 내 이름을 팔았다는 오해를 받으면서 말이다.

이 둘의 영향력이 사교계 평판을 좌지우지하고 있으니 지금도 꿀 먹은 벙어리다.

'미요가 동경하던 우아한 몸짓에 고상한 말투를 사용한다는 사교계의 인물들이 바로 이런 자들이란 말인가.'

미요의 풀 죽은 모습, 도저히 적응이 가지 않는다. 내가 옆에 있는데도.

마주치는 시선을 피한다.

'…미요.'

내가 늦어서 벌어졌다는 미안함 감정은 사교계에 대한 실망감으로, 그리고 미요에 대한 실망으로 전이되어 갔다.

문득, 나는 그녀의 사교계에 데뷔하기 위한 도구가 아닐까 하는 의구심이 생기고 말았다.

그녀는 주장했다, '바미안 영지를 유지하고 발전시키기 위해 사교계 인맥과 널리 교류해야 한다' 고.

그리고 나는 설득당했다.

광산 기지에서 목적성이 뚜렷한 미인에게 기만당한 아릿한 기억과 겹쳐졌다.

부르르 머리를 털어 머릿속을 지배하려는 사나운 기억을 털어냈다.

눈앞의 상황은 전혀 개선될 기미가 보이지 않고 있다.

후작이든 백작이든 나완 상관없다.

이슈타르의 작위는 NPC들의 인망도에 따라 수여되는 것이니까 작위 따위로 눌릴 내가 아니다.

그러나 지금 이 공간은 흥청한 무도회 분위기완 거리가 멀다. 파벌 간의 패싸움 분위기다.

'…도대체 남의 파티장에서 이게 무슨 짓거리들인가.'

분위기 정말 더럽다!

이들은 손님으로서 주인의 얼굴을 전혀 생각하지 않고 있잖은가. 안중에 없다. 그리고 의도적인 무시.

분노가 끓는점에 다다랐다.

'확, 쓸어버려?!'

가능하다!

오늘 이 파티의 주최자는 나. 이 공간에서 살상 스킬을 구현할 수 있는 유일한 캐릭.

쓸어버리면 온 세상과 적이 된다. 하나,

'그러라고 하지. 어차피 내 편 하나 없는 E&T다.'

불뚝 성질이 치밀어 올랐다. 양 손바닥이 제일 먼저 뜨겁게 달아올랐다.

분노는 나의 힘. '클러스터 오러'를 맨손으로 분출하려 합니다. 이는 상당히 위험합니다. 건강에 악영향을 미칠 수 있습니다.

※강제 발현 페널티:10포인트의 CEN 스텟 소멸을 각오하셔야 합니다.

스텟 소멸? 흥, 싸군!

동시에 몇 명이나 두 동강 낼 수 있을까?

경고. 경고! 위험, 위험! 오러의 발현을 거두세요!

비무장 민간인에 대한 살상엔 페널티가 부여됩니다.

> …신중한 판단을 당부합니다.

> 페널티 1, 데드당한 유저 한 사람당 레벨 1씩 강등당합니다. 이로 인해 쌓아 올린 스텟도 망실됩니다.
> 페널티 2, 이후 레벨업 시 30% 이상의 추가 경험치가 필요합니다.
> 페널티 3, 영주 레벨을 올리는 데 배 이상의 수고가 필요합니다.
> 페널티 4, 사교계의 평판도는 영원히 생성되지 않습니다.

사교계 평판도가 이 판국에 무슨 소용있어?!

말리면 말릴수록 오기가 치밀어 올랐다.

남의 잔칫집에 와서 추태를 벌리는 데 대해선 왜 아무런 재재가 없는 거야?!!

쓸어버리는 거야, 매서커잖아!

잔인한 상상을 아무렇지 않게 한다.

손끝에 붉은 오러가 집중되며 붉은 기운이 맺혔다.

뿌리면 된다.

근거리에 있는 재수없는 두 여자의 머리가 먼저 튀어 오를 것이다.

그때, 심상치 않음을 느꼈는지 미요가 연미복 자락을 급히 당겨왔다. 나는 살짝 외면했다. …늦었어!

'가상에서 인맥이 있어야 귀족이라고? 인맥 없으면 개천민이라고? 이들과 친해지면 아바트르들도 쉽게 보지 않을 거라고? 좋아, 그렇다 치자. 그럼 이들이 쉽게 보는 건 괜찮단 말인가? 이따위 인간들과는 선을 대고 싶지 않아.'

그러자 들려오는 담벼락 아래 도둑의 속삭임.

[스탑! 적을 만들어도 상관없다는 식? 나, 사교계 데뷔 안 해도 되니까 적은 그만 만들라고. 부탁이야…….]

천천히 진의를 확인하기 위해 미요의 눈을 바라보았다.

나를 담은 눈은 말보다 더 간절하다.

그 눈빛에 담긴 진실에 맥이 확 풀렸다.

그녀는…….

나를 변명하기 위해 분주했을 뿐이고.

내가 실망해서 미안해할 뿐이고.

오직… 나를 걱정함이다.

…부끄럽다!

＊　　　　＊　　　　＊

사람들이 뿜어내는 중압감의 파도 한가운데 나와 미요가 있다.

사교계 인사들의 우아한 몸가짐과 세련된 언변에 대한 기대는 무너졌지만 마음은 그저 평온하기만 하다.

나를 걱정하는 미요의 의견을 존중하기로 마음을 고쳐먹

어서다. 미요의 손에서 전해지는 온기가 기분 좋다.

'늬들, 운 좋은 줄 알라고.'

나는 마주 잡은 손을 들어 양측의 주목을 불러 모았다.

하나 시선을 돌리지 않는 사람이 대부분.

이기적인 인간에게는 이기적으로 대하면 된다, 할 말만 하는 것으로.

"레이디 미요의 사교계 데뷔를 축하하기 위해 멀리서 왕림해 주신 여러분에게 감사의 말을 먼저 올립니다."

공허한 메아리가 이런 것일까? 그렇단 말이지?

"제가 사교계가 맞지 않는 유저임에는 부인할 수 없습니다. 여러분이 보여주신 호의와 관심에 어떻게 보답해야 할지 엄두가 나지 않는군요."

여전히 내가 떠들거나 말거나.

"저는 거칠고 미숙합니다. 그래서 말입니다, 세련된 저의 파트너가 여러분을 전적으로 상담하는 게 백번 어울린다고 생각하게 되었습니다."

여전히 반응은 그러든지 말든지.

좋아, 가슴이 뜨거울 때 해치우자.

"바미안의 사교계 데뷔 기념으로, 두 기의 골렘을 사교계의 친우들에게 판매할까 합니다."

"……!!"

두 패거리가 뿜어내는 격한 감정이 뚝 끊어졌다.

진공 상태가 그들이 만들어낸 감정의 골을 채우는 것 같다.

그제야 시선은 모두 나에게 쏠렸다.

이 자리를 만드느라고 고생한 미요가 오늘의 진정한 주인공이다. 그 주인공은 주인공다워야 한다.

"저는 그 상담 전권을 레이디 미요에게 위임합니다. 저는 여러분이 보신 대로 땅을 파야 하거든요. 그럼, 바미안의 남작 부인 미요에게 많은 관심과 호응을 부탁드립니다."

"오오오오오오오ㅡ!"

혹시나 했는데 이렇게 언급할 줄은 몰랐다는 반응들.

이들이 깡촌 영주의 초대에 응한 목적은 바로 이것이다.

잉여 골렘의 향방.

이어 나를 향했던 눈들이 어쩔 줄 몰라 하는 미요에게 쏠렸다.

간사한 것들!

어쨌든 나는 미요의 기(氣)가 이것으로 살아났으면 싶다.

골렘을 팔아 그게 아이템으로 돌아오든 돈으로 돌아오든 내 창고 주머니로 들어오게 되어 있다.

미요에게 골렘을 그냥 준다는 게 아니다. 단지 누구에게 팔 것인지를 결정하는 역할만 미요에게 주어진 것이다.

골렘 한 기를 팔면서 두 곰이 얼마나 유세를 떨며 소소한 이권과 정보를 획득했는지 나는 지켜보았다.

이는 그 바닥을 알아야 챙길 수 있는 '잠자고 있는 이권' 이라 할 수 있다.

사교계 바닥은 미요가 잘 안다.

오늘 지켜보니 참을 줄도 안다.

상담을 진행하며 미요가 어떤 이득을 이들에게서 취할지 나는 모른다. 관심도 가지지 않을 것이다.

그러나 나는 확신할 수 있다.

미요가 바미안 영지와 나의 이익을 최대한 보호하는 상대를 고를 것이라는 것을.

나를 향한 미요의 얼굴은 울음을 터뜨리기 직전, 억지로 눌러놓은 모습이었다. 빙그레 웃으며 뺨을 펴주었다.

'오늘의 주인공다운 미소를 그리세요.'

날 '헬렐레 로맨스 가이' 라 불려도 좋다.

아니, 로맨스 가이라 불러다오.

機甲戰記
Massacre
기갑전기 매서커

　나의 그런 선언 이후 편을 가른 대열은 흐지부지 흩어졌다.

　다들 생각이 복잡한 눈과 표정을 지으며 미요의 눈치를 살
피기 바쁘다. 어색한 미소를 건네는 이들이 대부분.

　미요를 지금까지 노골적으로 무시했는데 이제 어떻게 다
가갈 것인가 고민에 빠진 것이다.

　그 가운데 불쾌한 표정을 노골적으로 드러내는 이들이 있
었으니 바로 사교계의 두 기둥이었다. 절대 적으로 돌려선 안
되는 두 사람.

　한데 지금 이 두 사람이 의미심장한 눈빛을 교환하고 있다.

　천적 간에 나눌 수 있는 무언의 대화가 아니다.

위기의식이 살아났다. 좋지 않다.

사교계의 중심에 서려면 그 배경과 가진 재력은 기본이다. 가상의 세계라도 이것은 철칙이다. 사교계가 자신들의 특권적인 배경과 우월적인 재력을 지키기 위한 울타리라는 점은 같기에.

그렇다. 여후작과 여백작은 사교계의 중심이 요동치고 있음을 감지했으리라.

자신들을 조명하지 않는 짧은 관심도 용납할 수 없는 위치에 그녀들이 있다.

이 작은 관심이 커지고 성장하기 전에 싹을 잘라야 한다.

그녀들에겐 미요라는 공동의 적이 나타났다고 판단한 건 아닐까.

너무 앞서 넘겨짚는 것 같지만 하나의 사회에서 그 정점에 선다는 것은 그냥 있다고 올라서지는 게 아니니까.

아니나 다를까.

"두 분의 사교계 데뷔를 진심으로 축하합니다."

여백작이었다.

반대편 여후작은 팔짱을 끼고 방관하는 자세를 취하고 있다.

"두 분이 사교계를 빛내주시리라는 것은 믿어 의심치 않습니다. 그럼 두 분의 춤 솜씨를 박수로써 기대해 봅니다."

잔잔한 환영의 박수가 일었다.

어라? 딴지를 걸 줄 알았는데 그게 아니잖아? 내가 너무 민감했나?!

이때,

"잠깐, 전 사교계는 사교계다워야 한다고 생각합니다. 무슨 말이냐고요?"

팔짱을 푼 여후작이 한 사람 한 사람씩 당겨보며 말했다.

"궁금하네요, 무슨 말씀이신지?"

기다렸다는 듯이 말을 받는 여백작.

"사교계를 자신의 장사를 위해 이용하려는 유저들이 판을 치고 있다는 게 제 생각입니다. 여러분도 그렇게 생각하지 않나요?"

"뭐, 저도 그런 면에 대해선 평소부터 불만을 품고 있었습니다."

죽이 척척 맞았다. 이 둘이 무슨 여론을 만들려고 하는지 지켜보자.

"여기 계신 여러분이 작위를 수여받아 나름 능력을 검증받은 분들이라는 것에는 의심의 여지는 없어요. 하나, 작위를 수여받았다고 전부 사교계에 발을 들여놓을 수 있다는 식의 판단은 곤란하다고 생각지 않나요?"

"맞아요, 듣고 보니 그렇군요. 이후 계속해서 작위를 수여받은 유저들이 늘어날 텐데… 그런 분들을 전부 우리 사교계가 수용한다면 사교계가 사교계가 아니게 될 게 뻔해요."

"그래요, 지금도 이곳이 사교계인지 아이템 거래장인지 구분 못하는 분들이 계시잖아요."

썩을, 빙빙 둘러 잘도 비아냥대는구나.

여후작이 나와 미요에게 상큼한 미소를 지으며 못을 박았다.

"이분들이 사교계에 걸맞는 인물인지 검증이 필요하다고 생각하는데, 여러분의 생각은 어떠세요?"

검증? 자기들의 눈높이에 맞은 검증 방법은 무엇일까?

여백작이 기다렸다는 듯이 부채를 탁, 치며 말했다.

"사교계에 걸맞은 인물인지는 그분들이 실상에서 어떤 노력을 하는지 알아야 하는데… 아, 간단한 방법이 있어요!"

실생활에 와인으로 목욕을 하는지 똥물에 밥을 말아 먹는지 어떻게 알 수 있단 말인가.

만약 실제 사는 곳에서 가든 파티를 열라고 하면 나는 당당하게 작업장 옥상에서 삼겹살 파티를 열 의향은 있다.

그 순간 여백작이 회심의 미소를 지어 보이며 제안했다.

"이곳에서 간단하게 검증할 수 있는 방법이 있습니다. 모두들 제가 제안한 방법을 따르실 수 있나요?"

"음, 이곳에서 당장 검증할 수 있는 방법이라면 저는 따르겠습니다."

여후작이 여백작의 제안을 지지했다.

누가 두 여성을 천적 관계라 할까.

여후작이 나서자 곳곳에서 여백작의 제안에 동의한다는 믁소리가 터져 나왔다. 반대 의견을 제기하기보다는 관망하는 편을 택한 이들이 대다수지만 표정들은 여백작의 검증 방법에 궁금해하고 있음은 틀림없어 보였다.

타깃은 명확하게 나와 미요다.

"자, 그럼 여러분의 전폭족인 지지를 얻어 지금 바로 검증에 들어가겠습니다."

그리고 막간의 침묵이 흘렀다.

의연하려 해도 사교계의 불청객이 분명한 나로선 절로 긴장이 되어 미요의 손을 잡은 손에 힘이 실렸다.

나로 인해 미요가 망신을 당할 수 있다는 불안감이 들지 않을 수 없잖은가. 생활 자체가 서민인 나로선 현실에서 고급 믄화를 접해볼 기회가 있을 리 만무하다.

그런 나에게 미요는 몸을 살짝 기대어왔다.

'…그래, 망신을 주면 머리 한 번 긁적이고 웃고 말지.'

여백작은 사형선고를 언도하는 판사처럼 당당히 선언했다.

"연회장 전부를 라이프 스킬 잠금 지대로 설정하도록 하겠습니다. 바미안 남작, 레이디 미요. 파티 주최자로서 이곳에 스킬 락을 걸어주셨으면 합니다."

"……!"

웅성웅성, 연회장이 술렁였다.

여백작은 무엇을 노리고 있음인가.

"어머나! 탁월한 검증 방법이에요. 다들 왈츠 스텝 스킬을 사서 군무를 추는 바람에 어이없어했는데, 이 기회에 가짜들이 완벽하게 가려지겠어요. 탁월해요!"

제, 제길… 그 혹시나가 역시나군.

우리 둘이 오늘의 첫 춤을 추게 되어 있다.

춤을 추지 않으면 사교계 데뷔는 물 건너가고 골렘 두 기의 판매도 사교계 내에서 의논할 수 없다.

내 제안 자체가 무의미해지는 것이다.

"자, 남작님 라이프 스킬 락을 걸어주셔야죠?"

"……."

무언의 강요가 모아졌다.

> 영주관 전체를 '스킬 락' 지대로 전환했습니다.
> 전투 및 생활 스킬을 사용할 수 없습니다.

영악하다!

모욕을 주고 이로 인해 발생할지 모르는 물리적 보복 우려까지 이로써 완벽하게 차단한 셈이다.

조금 전 내가 드러낸 적의를 이 둘이 눈치 못 챘을 리 없지.

그렇게 여기 모인 참석자 전부가 동등한 상태가 되었다.

나와 미요를 중심으로 널찍한 공간이 생겨났다.

이로써 완벽하게 떠밀렸다.

우리를 향한 눈빛엔 조소가 한가득, 과연 너희들이 스킬없이 춤을 출 수 있겠냐는 거만한 눈들이다.

'빌어먹을……'

나는 이제 댄스 스포츠 유럽 챔피언의 스텝을 이용할 수 없다.

'이 개 발로 어쩌란 말이냐.'

방관자들까지 스킬 락 상태를 확인하며 고개를 끄덕이자 여후작이 선고하듯이 선포했다.

"그럼, 우리 모두 바미안 남작과 레이디 미요의 사교계 데뷔 첫 춤을 축하의 마음으로 지켜보도록 하겠습니다."

짝짝짝, 조롱에 가까운 박수가 터져 나왔다.

그렇게 나와 미요는 어쩔 수 없이 마주 서야 했다.

'에라, 될 대로 되라지.'

마음을 비웠다.

한 달간 오직 이 한 곡만 연습하지 않았던가.

"바미, 늘 연습하던 춤곡으로."

> 춤곡으로 '영혼의 춤'이 연주됩니다. 음원 사용료로 3ㅁ원 결제되었습니다.

30원짜리 망신인가?

고요한 가운데 경쾌한 선율이 흘러나왔다.

한 달 내내 연습한 춤곡의 전주였다.

스킬 락이 걸린 바드들은 그저 방관자일 뿐이다.

귀에 딱지 않은 바로 그 춤곡은 춤곡인데, 처음 듣는 것처럼 낯설게 들려왔다. 긴장감 백배다.

저절로 손을 맞잡고 미요의 견갑골을 받쳤다.

"홀드!"

'까짓, 하는 데까지 하는 거야. 개 발이 살아나 미요와 넘어지면 또 어때?! 넘어지면 넘어지는 대로 맛이 있으니까.'

이런 생각을 읽었는지 미요는 특유의 새침 도도한 표정으로 나를 노려보았다.

'꿈도 꾸지 말라고? 도대체 뭘? …알았다고.'

집중!

허리를 곧추세운 채 첫 스텝을 밟았다.

…삐걱, 휘청.

쿡쿡하는 비웃음이 거슬리게 들려왔다.

'웃어?! 좋아, 그렇다는 거지. 개 발에 땀나면 어떻게 되는가 보여주지.'

동화율을 발끝에 몰아넣었다.

'개 발아, 개 발아. 오늘 한번 발바닥에 땀 좀 흘려보자꾸나. 순서가 어떻게 되더라? 내추럴 턴, 백록 앤드 리버스 턴……'

머릿속으로 스텝을 주문처럼 외웠다.

당연히 다리가 질— 끌리며 삐걱대기는 마찬가지다. 그러나 신기하게도 중단해야겠다는 생각은 들지 않았다.

되잖아!

흐르는 선율에 따라 발이 움직였다. 몸도 맡겼다.

바닥을 보지 않았다. 오로지 파트너인 미요만 담았다.

천천히… 부드럽게 감미로운 선율에 몸이 따라갔다.

긴장된 경직은 곧 풀렸다.

> **순간 동화율이 59%에 달합니다.**

나는 미요를 믿고, 미요는 나를 믿고.

초반에 이용하는 플로어의 공간은 좁았다. 하나 점점 동화율을 끌어올리자 이용 공간은 넓어져만 갔다.

> **…동화율이 89%에 달합니다.**

서로에 대한 친애의 감정을 키워 나갔다.

몸이 가벼워졌다.

스킬을 발동했을 때보다 더한 자유가 지금 다가왔다.

시선에 대한 거리낌이 지워지더니… 조악한 시선들을 모두 잊어버리게 되었다.

내가 이렇게 자유로웠던 적이 있었던가.

그렇게 나와 미요는 하나가 되어 플로어를 누비고, 돌았다.

그저 원을 그리며 우리 둘만의 세상에 몰입할 뿐이다.

주변 사물은 지워지고 잊혀졌다.

이 순간만큼은 공주가 된 것같이 우아하게, 왕자처럼 행복하게…….

즐기기 위한 춤의 즐거움이 이런 것이리라.

나는 미요를 의지하고 미요는 나를 의지하며 익숙한 음악과 한 몸이 되어… 시기, 질투, 음모의 시선을 모두 이겨냈다.

오직 우리 둘만 있을 뿐.

음악이 끝나고 춤도 끝이 났다.

작은 선율이 남아 홀 바닥에 떨어졌다. 그리고 완벽한 정적.

고요하다. 우리 둘만 있는 것 같다.

행복하게 고요하다. 아쉬움없는 푸근함이 이런 것일까.

숨이 가빠왔지만 깔끔한 개운함이 기분 좋다.

주변의 사물이 서서히 눈에 들어오기 시작했다.

놀란 눈들이 우리를 향하고 있다. 정말로 스킬의 도움없이 춤출 줄은 몰랐다는 눈빛들이다. 몇몇은 살짝 입을 벌리고 있다.

세련되게 보이진 않을 것이다. 거칠 것이다.

잘 춘 건 아니지만 그렇다고 못 춘 건 더더욱 아니다.

오히려 일반인들의 기를 죽이는 스텝과 역동적인 턴이 없어 전혀 부담이 느껴지지 않는 그림이었을 것이다. 자신한다.

그리고 파트너 사이의 배려나 신뢰는 어느 누구도 따라올 스 없으리라 자부한다.

남에게 보여주기 위한 춤을 추기보단 행복하기 위한 춤을 추었다. 춤이란 그런 것이니까.

발그레 상기된 미요까지 놀란 눈으로 나를 올려다보고 있다.

믿어지지 않을 것이다. 연습 내내 깊이 몰입하면 사고 내는 쪽이 나였으니까.

역시 내 동화율은 배신을 하지 않았다. 그리고,

'내 안에 늑대 없다!'

나는 환하게 웃으며 자연스레 마음이 이끄는 대로 미요의 이마에 입을 맞추었다. 훌륭하게 이끌어줘 고마울 뿐이다.

그러자,

짝짝짝— 작은 박수 소리가 곳곳에서 산발적으로 흘러나왔다.

이 박수 소리엔 축하와 감탄의 감정이 담겨 있다. 더없이 순수하다.

나는 오늘 내 얼굴이 이렇게 두꺼워질 수 있다는 데 놀랐다.

홀의 반응이 심상치 않다. 눈을 부라리며 눈치를 주는 인물들이 있음에도 불구하고 사람들 사이로 박수는 점점이 번져나갔다.

"부라보—!"

"나이스 댄싱!"

이에 나와 미요는 가쁜 숨을 가다듬으며 답례의 인사를 우아하게 올렸다.

"와아—"

악단들 사이에서 우렁찬 환호성이 터져 나왔다.

"꺄아—"

메이드들도 기성을 보태주었다.

날카로운 휘파람 소리까지 섞여들었다.

곧 우레와 같은 박수가 터지며 감탄, 탄성, 환호성과 버무려졌다. 누가 나서 이 열렬한 호응을 막을 것인가.

홀 안엔 우호의 열기로 가득 찼고 그것은 곧 내 몸을 휘감았다.

단단단단♬~ 다♪~

Lord

성공적인 사교계 데뷔.

'대단합니다! 스킬 도움없이 사교계에 데뷔한 첫 커플입니다. 준비된 커플이 있다면 바로 이 두 사람이 아닐까요.'

타미안 남작과 레이디 미요가 사교계 데뷔를 성공적으로 마쳤습니다. 이제부터 영주 레벨과 레이디 레벨에 사교계 평판도 반영되게 되었습니다. 사교계에 등재된 유저 한 명의 평가는 유저 1천 명의 평가과 맞먹습니다. 이제 평판도의 관여로 더욱 빠르게 영주 레벨이 성장하게 된 것입니다.

사교계의 평판도가 생성되며 영주 레벨에 영향을 미쳤습니다. 영주 레벨이 올랐습니다, 영주 레벨 42가 되었습니다.

영주 포인트 100이 부여되었습니다.

유보 중인 영주 포인트는 1,800입니다.

휴우, 다행스럽게 미요가 사교계에 무사히 안착한 셈이다. 더불어 나까지. 이어,

Lord

사교계.

'이곳은 정치의 장(場)! 그리고 허영의 장(場)!'

사교계란… 권모술수의 사회, 오늘의 적은 내일의 아군이 될 수 있는 사회, 적과 아군이 모호한 세계인 것입니다.

이들은 오직 당신을 권력, 재력, 매력으로만 평가할 것입니다. 오직 껍데기만 볼 뿐이죠.

깊은 인간미는 오히려 당신의 약점이 될 수 있는 것입니다.

사교계 안의 갈등을 무력과 폭력으로 해결하는 순간, 당신은 사교계에서 영원히 퇴출당합니다.

지지 세력을 규합하고 동조자를 끌어모아 당신만의 울타리를 만드세요. 사교계에서 살아남는 유일한 방법입니다.

즉시 정치를 하십시오!

팁:모욕을 당할 시 결투로 자신의 고귀함을 지킬 수 있습니다.

웃, 추워라.

진입 장벽이 이후로 켜켜이 더 있다는 말이군.

제법 겁도 주는 것이 영광엔 시련이 따른다는 E&T 시스템답다고나 할까. 하나 경고로 위축당할 내가 아니지.

Quest

가상이 현실로.

'실제 춤을 춰보세요. 멋지게 이루어질 것입니다. 당신이라면 현실에서도 가능할 것입니다.'

E&T가 제공하는 라이프 스킬은 유저의 가상 생활을 위해 그 역할이 있는 것이 아닙니다. 그 스킬이 현실로 이어져 유저의 삶이 풍성해지기를 바라는 것입니다. 그렇습니다, 당신은 그 라이프 스킬을 완벽하게 자신의 것으로 만든 것입니다.

이는 E&T가 바라는 스킬 활용법이 아닐 수 없습니다.

훌륭합니다! 당신은 충분히 매력적입니다!

LEN 포인트 3이 부여되었습니다.

스탯 포인트 7이 부여되었습니다.

스킬 포인트 1미이 부여되었습니다

내가 권력, 재력은 못해도 매력은 한 매력 하잖아.

어허, 인정하라니까. 인정하면 한 매력 떼줄 수 있다니까.

아, 오늘따라 이 근거없는 자신감이 넘쳐 나는 것 같다.

이 근거없는 자신감에 힘을 실어주려는지 즐거운 웅성거림이 이어졌다.

Lord

유저들의 관심.

'아름다운 커플이야. 바미안이 그렇게 삭막한 곳은 아니군.'

'대단해! 역시 겉만 보고 판단할 게 아니야. 흠, 당분간 바미안에서 지내는 것도 좋을 것 같아.'

'아웅, 어디 저런 늑대 코트 또 없나? 여기서 찾아볼까? 좋아, 바미안에서 당분간 지내는 거야.'

두 사람의 파트너에 대한 완벽한 배려로 유저들의 열렬한 환호와 호응을 이끌어냈습니다.

이로 인해 바미안 영지에 대한 유저들의 인식이 크게 달라졌습니다. 많은 유저들이 바미안에 머물기를 희망합니다.

그래, 살 만하다니까.

유저들의 바미안에 대한 선호도가 증가하고 있습니다.

유저들의 반응이 처음으로 영주 레벨에 영향을 주었습니다.

영주 레벨이 올랐습니다. 영주 레벨은 43입니다.

영주 포인트 100이 부여되었습니다.

철판신공!

한 달간 바미안을 흙먼지 풀풀 날리게 만들어놓자 영주 레벨이 지지부진했다. 한데 춤 한 번 춘 것치고는 보상이 넘치는 느낌이다. …역시 E&T는 얼굴에 철판을 깔아야 한다니까.

미요에게도 나 이상의 성과가 있는지 얼굴이 발그레 상기되어 행복한 표정을 감추지 못하고 있다.

뭔지 몰라도 축하해!

*   *   *

여백작과 여후작의 얼굴이 보기 좋게 구겨져 있다.

이럴 줄 몰랐다는 표정을 고스란히 드러났다.

쌤통이다!

자, 이제 어쩔 것인가?

과연 '라이프 스킬'을 잠근 상태에서 실제 능력으로 왈츠를 출 수 있는 인물이 과연 이 가운데 몇이나 되겠는가?

그리고 그런 인물들로만 사교계를 꾸린다면 얼마나 많은 반발을 불러일으킬지 뻔하다.

남을 망신시키려고 했으면 자신도 망신당할 각오를 해야

한다.

이미 안절부절못하는 인물들이 나타나기 시작했다. 짜증스러운 얼굴로 여백작과 여후작을 바라보는 이들이 늘어나고 있다. 그리고 관심의 새로운 핵으로 등장한 미요에게 눈도장을 받으려는 이들이 노골적으로 늘어나고 있다.

그렇다, 이것이 바로 사교계의 변덕!

그녀들은 자충수를 둔 셈이다.

한데 백작과 후작이 나누는 눈빛이 예사롭지 않다.

플랜 A가 실패했으니 플렌 B로 넘어가자는 작전 사인 같기도.

아니나 다를까, 이번엔 여후작이 나섰다.

"두 분이 사교계 데뷔를 무사히 마친 것을 진심으로 축하합니다. 소양 깊은 새 친구가 늘어나는 것은 정말 기쁜 일이 아닐 수 없죠."

입에 발린 소리. 여후작은 표정을 심각하게 굳혔다.

"아무튼 제가 이렇게 무도회장에 어울리지 않은 복장으로 나타난 것은 여러분과 의논할 급한 용건이 있기 때문입니다."

우리에게 쏠리는 관심을 돌리려 함인데, 무도회를 진행시킬 생각이 없어 보인다.

"지금 한국 E&T는 위기입니다. 우리 중에도 위기에 처한 친구가 있고 그로 인해 이 자리에 나타날 수 없는 친구들이 늘어나고 있습니다. 우리는 그런 친구들을 도와야 하지 않나요?"

친구라면 도와야 하는 게 맞는데 후작의 말에선 순수한 의도가 느껴지지 않았다.

"…좋아요. 제가 파투 구현 사제단을 후원하고 있는 데 대해 불만을 가진 분들이 많음을 알고 있습니다. 그래서 위기에 처한 친구들을 돕기 위해 사교계 전부가 나서 사제단을 후원하자는 말을 하고자 하는 게 아닙니다. 지금 사제단이 폭주모드 상태라는 것에는 저 역시 여러분과 생각이 같습니다."

사제단을 후원하자는 게 아니면?

이 말은 사람들의 관심을 불러 모았다.

"그럼 제가 지금 여러분과 의논하고자 하는 것은 바로 우리의 절친한 친구인 이클립스(Eclipse) 길드에 관한 건입니다."

아ー! 하며 사교계 인사들 사이에서 장탄성이 울려 퍼졌다.

이클립스 길드? 어디서 듣기는 들었는데, 뭐였더라?

도움의 구하는 눈길을 뿌루퉁한 미요에게 보냈다.

여후작과 여백작의 행태에 기분 좋을 리가 없지.

어쨌든 내 표정을 읽은 미요는 손가락을 살짝 튕겨 정보를 보내왔다.

땡큐ー!

Lord

도둑의 메모.

이클립스 길드.

오로지 여성으로 구성된 소규모 친목 길드로 시작.

길드 성원 5ㅁㅁ명에서 8ㅁㅁ명 선.

로이온 영지를 중심으로 왕성하게 활동하여 자작 일가를 이룸.

길드장 및 길드 운영위원 다수가 사교계 초창기부터 정식 멤버로 활동. 사교계 등록 인원은 로이온 자작을 포함해 3명.

현재 파편 전쟁에 휘말려 영지는 몬스터 군단에 의해 점거당한 상태로, 길드는 현재 망명지를 찾아 유랑 중에 있음.

특수 사항:파편 무구의 한 종류인 '타르타로스의 망토'를 소유하고 있다. 길드원 중 누가 소유하고 있는지는 기밀 사항.

최신 정보:사제단의 회유와 이들을 영입하려는 사교계 파벌 간의 각축이 벌어지고 있음.

　

오호라, 이제야 기억났다. 파편 무구를 소유한 길드였어.

이 이클립스 길드에 대한 이야기가 나오자 여후작에게 시선이 전부 쏠려 버렸다. 반대파인 여백작조차 조용히 듣고만 있다.

"현제 이클립스 길드는 망명지를 찾아 유랑 중입니다. 그래서 우리 사교계가 나서 이들에게 망명지를 제공해야 한다는 게 제 생각입니다. 여기 여러분 중에 이클립스 길드를 받아들일 분들이 계시면 나서주길 바랍니다."

웅성웅성, 생각지 못한 갑작스러운 제안이라 다들 얼굴을 갖대고 갸웃거리기 바쁘다.

선뜻 나설 사람이 어디 있을까?

파편 무구를 소유한 길드기에 분명 득이 되는 면은 있을 것이다. 하나 망명을 받아들인다면, 사제단의 시비는 물론이고, 몬스터 군단의 침공 1순위 영지가 되는 것이다.

그렇다.

망명객을 받아들였다가 같이 망명길에 오를 수 있다.

그리고 그런 중대 사항이니 생각도 생각이지만 당연히 이해관계자와 의논을 거쳐야 한다. 여기서 한순간의 기분으로 뚝딱 결정할 일이 아닌 것이다.

그런데… 예상 밖의 그림이 벌어졌다.

기다렸다는 듯이 손을 들어 그들을 받아들이겠다는 의사를 표하는 이가 있었다.

오직 단 한 명! 여백작이었다.

이클립스들이 처한 상황을 깊이 동정한다는 듯 측은한 얼굴을 한 채.

'오호라, 이 둘은 미리 의견 조율을 마쳤군.'

붉은머리 여백작이 이클립스 길드를 받아들이는 속사정은 지금으로선 알 길이 없다.

하나 그 의도는 순수하지 않음은 미루어 짐작할 수 있다.

그때였다,

"잠깐! 지금, 이게 무슨 짓이죠?"

우르르르—

홀 구석에서 십여 명의 인물이 사나운 기세로 몰려나왔다. 차림은 메이드 복장으로 전부 통일되어 있어 누가 외쳤는지 알 순 없다. 그러나 이들이 여후작의 제안을 몹시 불쾌해한다는 것은 분명했다.

홀 중앙으로 나오면서 후드 달린 검붉은 망토가 생성되며 흑백이 선명한 메이드복을 빠르게 가렸다.

이후 후드를 눌러 그녀들은 자신들의 얼굴을 완전히 덮었다.

망토의 등 한가운데엔 은색으로 월식을 묘사한 문장이 수놓아져 있다.

이들은 여후작 앞에 도착하자마자 따져 물었다.

"우리가 언제 당신들에게 망명지를 주선해 달라고 했죠? 그리고 우리의 의사를 묻지도 않고 이게 무슨 짓입니까?"

바로 문제의 이클립스들이었다. 열 명 가운데 누가 말한 것인지는 알 길 없다.

후작이 말을 바로 받았다.

"어머나, 뜻밖이군요. 이클립스 길드원 분들이 메이드로 분해 참석했을 줄이야. 급하긴 급하셨군요. 한데 제가 듣기론 길드를 추스를 공간이 필요하다고 전해 들었는데, 아닌가 보죠?"

"…공간은 필요해요. 하나 지금같이 이런 식은 아니죠. 도대체 저희 모르게 뭘 하려는 겁니까? 도움을 청하고 구하는 것은 당사자인 우리가 할 일입니다."

상대편의 사나운 추궁에도 후작은 여유롭다. 뻔뻔함의 관록이랄까.

"전혀 급하지 않은가 봐요? 저는 급하신 것 같아 최대한 그쪽 편의를 생각해서 제안했는데 말입니다."

"맞아요. 우린 망명지가 필요하긴 해요. 하나 분명히 말씀드리지만 우리 모르게 이루어진 망명지 선정은 받아들일 수 없습니다. 그래서 지금이라도 늦지 않다면 정식으로 발언할 기회를 가졌으면 합니다."

"지금 사교계의 발언권을 신청하신 거라면 받아들일 수가 없답니다."

"예?! 그게 무슨 말이죠?"

여후작이 상냥하게 생글 웃으며 말하지만 전해지는 그 속엔 상대에 대한 조소가 한가득 담겨져 있다. 상대의 그런 반응을 기다렸다는 느낌.

"정식 초대장을 가지고 참석한 사람만이 사교계에서 발언할 수 있습니다. 알고 계시죠? 규칙을 같이 만들었으니까요."

"……!"

"다시 묻겠습니다. 지금 그 초대장을 가지고 계신가요? 이 자리에서 확인할 수 있을까요?"

"그건……."

이제까지 가만히 지켜보던 여백작이 거들었다.

"물론, 상냥한 레이디 미요님이 사교계의 명사이신 이클립스 길드에 초대장을 보냈겠지요. 아마 초대장 수령은 로이온 영지를 점령한 보스 몬스터가 받지 않았을까 짐작되어지는군요. 쯧쯧."

여백작이 혀를 차자 주변 동조자들이 따라 혀를 찼다. 후작파 인물들까지 이 비아냥거림의 대열에 가세했다.

사이 좋기도 하지.

두 마리 고양이가 실 뭉치를 사이에 두고 툭툭, 치고 노는 것 같은 그림이다.

다들 기품있는 자세와 우아한 차림이 어울리는 고아한 외관들이다. 하나 그 속엔 상대에 대한 배려를 찾을 길 없다.

밑바닥이 훤히 보였다.

'힘이 있을 때 친교가 있다는 거군.'

비아냥거림은 노골적인 비웃음으로 변했다. 바로 몇 분 전까지 나와 미요에게 보내던 그 웃음 그대로 이클립스들에게 보내기 시작했다.

"으……."

이클립스들 사이에서 어느 누구 하나 예외없이 억누르는 듯한 신음을 토해냈다.

이어지는 여후작의 마지막 일침.

"아시잖아요, 사교계 룰을. 이렇게 초대장없이 메이드로 나타난 것은 아무리 사교계 인사라도 모임에 대한 예의가 아닌 겁니다. 그러니 참석한 메.이.드. 신분에 충실해야 되지 않을까요?"

"크……."

"지금 바로 메이드 대기석으로 돌아가 주시길 정중히 권합니다."

"……."

백작과 후작, 마치 사이좋은 성질 나쁜 자매 같다고나 할까. 이번엔 여백작이 미요를 의미심장한 눈길로 바라보며 말했다.

"레이디 미요, 모임의 주최자로서 이 메이드들이 자리로 돌아가지 않으면 바로 추방을 해주셨으면 합니다. 메이드들의 난입은 파티의 품격을 크게 떨어뜨리는 일, 전 지금 상당히 불쾌하답니다."

"레이디 미요, 겉모양은 그럭저럭 흉내 냈지만 역시 품격이 떨어지는군요."

"사교계에서 활동하시려면 기본 룰 정돈 알고 계시죠?"

"미요님의 어떤 결정을 내리느냐에 따라 바미안에 대한 평가가 갈린답니다."

연계가 장난이 아니군. 이클립스들을 망신주고, 이어 그 불똥을 미요에게 던진 셈.

"아우……."

미요 특유의 당당함과 도도함으로 맞서기에는 이 둘이 뿌린 함정이 만만치 않다. 미요식으로 은밀하게 처리하라면 식은 죽 먹기겠지만 지금 이 상황은 밝은 조명 아래에서 벌어진 일.

그렇다. 양지에서만 해결할 수밖에 없는 일이다.

기대감 넘치는 침묵이 홀 안을 가득 채웠다. 이는 무언의 강요가 아니고 무엇이랴.

이 자리에서 어서 빨리 이클립스들을 몰아내라고.

왕따가 되고 싶지 않으면 왕따 시키는 대열에 합류하라고.

그런 사특한 압박이 미요를 짓누른다.

미요는 어쩔 줄 몰라 하며 나를 쳐다보고야 만다.

'거참, 단합이 장난이 아니군. 정치판이다, 이거지? 그런데 이클립스 건은 예상 못한 복병이다. 이를 어쩐다?

어느 사이에 성질 나쁜 자매(?)의 시선이 나에게 머물고 있다. 상냥하고 부드러운 미소를 머금은 채로.

떠오르는 미요와 이클립스를 일거에 해결할 셈. …나까지?

젠장, 역겹다!

'…사람 사이엔 벽이 있다. 이 사교계 인사들의 벽엔 가시 가득한 장미 덩굴 벽화가 그려져 있을 따름이야. 길게 생각해 보았자 성질 나쁜 자매의 기만 돋게 만들 뿐. 좋아, 내가 그 벽을 부숴 버리겠어!'

나는 눈으로 미요에게 내 결심을 전했다.

미요는 조용히 끄덕였다, 내가 어떤 결정을 내리더라도 받아들이겠다는.

나는 모두를 향해 입을 열었다. 시선은 일부러 특정인 둘을 닫지 않았다.

"하하! 이거, 분위기가 삭막하군요. 사교계의 룰을 따른다면 초대장없이 자리한 이클립스 길드원들을 영주관에서 축출하는 게 맞습니다."

이 말에 사교계 인사들은 그러면 그렇지라는 식으로 고개를 끄덕였다. 반대로 이클립스들의 낭창한 후드 끝은 부르르 떨렸다.

"…하지만 방금 전 망명지를 알선을 주선해 주겠다고 말해 놓고는 정작 그 당사자가 나타나자 자신들의 거취에 관한 상흥임에도 결정에 참여할 수 없고 나가 달라 요구하다니… 참 뜨합니다."

짓누르는 듯한 침묵이 흘렀다.

"이클립스 길드원들은 한때 사교계의 대선배라면 대선배. 그럼에도 동정의 대상은 될 수 있어도 대화의 상대론 인정할

수 없다는 그런 말입니까? 여러분 생각이 정말 그런 것입니까?'

질문을 하며 한 사람 한 사람 눈을 맞추었다. 성질 나쁜 자매가 자신들의 의도를 강요하듯이.

"기반이 사라졌다고 야멸차게 모임에서 몰아낸다는 것은 너무 야박한 처사가 아닌가요? 그 야박함을 신참자에게 전가하는 이 비열함은 또 어떻습니까? 왕따에 합류하라, 그렇지 않으면 너도 왕따다?! 부끄럽지 않으십니까?"

"……."

멀뚱멀뚱, 다들 얼굴에 철판을 깔았는지 당당하기만 하다.

마치 바로 그런 것이 사교계라고 항변하는 것 같다.

그렇게 냉담한 반응이 홀을 가득 메웠다.

"좋습니다! 여러분이 그렇게 생각하신다면 이따위 사교계, 필요없습니다. 그래서 저는 오늘부터 배려가 통하는 새로운 사교계를 만들겠습니다."

"……!"

그제야 눈들이 커지며 웅성거림이 커지기 시작했다.

그리고 반응은 즉각적이고 사납다.

"뭐야? 미친 거 아냐?!"

"벼락출세하더니, 기어이 본성을 드러내는군. 쯧쯧."

"그러든지 말든지, 어차피 몬스터 군단에 무너질 영지. 흥!"

그들의 본디 속내를 말함이다.

나의 이런 선언엔 근거는 있다. 사교계에 데뷔한 이상 모임의 주최할 수 있는 권리는 동등하다. 이것은 그들이 만들 룰이다.

이제부터 누구를 초대하고 하지 않고, 참석하고 하지 않고의 차이가 있을 뿐, 과연 신참자의 이런 주장에 얼마나 동참할 것인가.

뭐, 없으면 없는 대로…….

자, 그럼 결정타를 날려 드리겠습니다.

"제 생각에 동조하시는 분들은 이 자리에 남아주시고, 그렇지 않으신 분들은 즉시! 떠나주십시오."

"……!!"

사교계 인사들은 입을 다물었다. 아니, 쩌억 벌렸다.

미쳤구나! 라는 얼굴로 나를 쳐다본다.

감히 자신들을 나가라고 어떻게 말할 수 있단 말인가.

우호적인 바드들과 메이드들까지 황당해하기는 마찬가지다. E&T에서 제일 광오한 인간을 보는 듯한 눈이다.

…제대로 봤다.

미요도 망연한 얼굴로 털썩 주저앉았다.

"아아, 사교계 한 사람의 평가가 유저 천 명의 평가와 맞먹는데… 전부 팽개치다니."

체념 어린 말은 작은 목소리지만 고요한 공간에 크게 퍼져 나갔다.

'어라, 여파가 생각보다 크잖아? …몰라!!'

원래 나란 인간은 그런 인간이다.

입 다물고 비위 맞추며 살기 싫은 걸 어쩌란 말이랴.

하루를 살아도 사자처럼 살고 싶을 뿐이다. 아니, 비열하게 살기 싫을 뿐이다.

왕따가 될 바엔 올따!

機甲戰記
Massacre
기갑전기 매서커

장내엔 복잡한 감정이 소용돌이치는 가운데,

두둥—!!

Quest

세력화 선언.

'너무 성급하게 정치에 발을 들인 게 아닌지…….'

바미안 남작이 자체 세력을 규합하겠다는 선언을 하였습니다.

당신이 세력화를 선언한 이상, 지지자를 규합하여야 합니다.

당파의 최소 기준입니다. 1개월 안에 남작 이상 유저 출신 귀족을 3명 포섭하십시오.

이들은 반드시 기존 사교계와 결별 선언을 해야 합니다.

만약 1개월 기간 안에 세력 구축에 실패한다면 이제 막 생성된 사교계 평판도는 사라지게 됩니다.

즉, 사교계에서 영원히 축출당하는 것이죠.

이후 다양한 페널티가 적용되며 영주 레벨을 올리는 데 불이익이 따르게 됩니다.

허걱!! 끝장이다.

사자처럼 살겠다는데 늑대 무리를 만들라니?!

파당을 만들겠다는 뜻이 아니란 말이야ㅡ!

'아, 이 대책없는 감정의 지름신을 보았나.'

볼이 뜨끔거린다. 울상이 된 미요가 주저앉은 상태에서 나를 올려다보고 있다.

그 눈은 말하고 있다, 수습을 어떻게 이렇게 할 수 있느냐고.

황홀한 데뷔가 채 5분이 지나지 않아 나로 인해 썰렁하게 변했으니…….

이는 마치 롤러코스터를 탄 기분일 터.

어쩔 것인가, 이것이 바로 It's my Style! 인 것을.

'어허, 믿으라고. 이 오빠가 다 해결할 테니까.'

손을 뻗어 미요를 일으키고 얼굴을 부드럽게 감쌌다. 잔떨림이 전해져 왔고, 떨림을 감추려는지 볼을 사정없이 비벼댔다.

이건 아니라고?

그래, 난들 이렇게 될 줄 알았나. 내 옆에 있다는 게 그런 거야. 위태위태, 아슬아슬. 스릴 있잖아?

동의 못한다는 눈빛이 사정없이 꽂혔다.

'그래도 위로는 해야겠지. 소녀의 꿈은 계속되어야 한다.'

오기가 발동하며 마초니즘의 공수표에 사인을 길게 그려 넣었다.

"걱정 마! 내가 반드시 널 사교계의 여왕으로 만들어줄 테니까."

폭주하는 마초 근성을 보았나.

"…아!"

나를 바라보는 미요의 눈이 꿈꾸는 듯 몽롱하게 변했다.

'어라… 분위기 심상치 않아.'

미요는 우왕하며 내 품에 파고들었다. 누가 보든지 말든지.

"당신의 그 마음, 접수했어요."

"에?"

'헉, 정말로 믿는 거야?! 아니, 립 서비스란 것도 있잖아?!

정말로 바라지 말고 꿈만 꾸라니까?! 꿈만 꾸라니까!!'

이미 늦었다.

삐요오오오ㅡ!

Quest

귀부인 앞에서 한 맹세!

'당신을 사교계 여왕으로 만들어주겠어!'

누구도 한 적 없고, 지켜지기 힘든 맹세가 아닐까요?

광오합니다. 하나… 매서커답습니다.

레이디 미요는 진심으로 당신의 맹세를 믿고 있습니다.

정말 감당할 수 있겠습니까?

…아무튼 당신만의 사교계를 구축하기를 기원합니다.

보상:세력화의 진척도가 영주 레벨과 레이디 레벨의 상승에 관여하게
됩니다. 세력화를 이룰수록 영주 레벨 상승이 빨라집니다.

페널티:레이디 미요가 세력화 구축의 지지부진함에 대해 불평을 늘어
놓게 되면 '허풍쟁이'라는 타이틀이 당신 이름 앞에 붙게 됩니다.
세력화 실패 시엔 '뻥쟁이'라는 타이틀이 평생 따라붙습니다.

허걱, 망했다!

Lord

감동, 감동… 감격!!

'내가 레이디들이 꿈에도 바라던 진실한 맹세의 대상이 되다니… 아
앗, 레이디 레벨 급상승!!'

레이디 미요의 감정 고조가 상상을 초월합니다.

오오오옷, 이것은… 러브! LOVE!! 愛!!

감정의 폭주로 인공지능의 수용 범위를 벗어나 과부하를 주고 있습니다.

도시 인공지능 바미에게 부하를 나누어 부하를 낮출 수밖에 없습니다.

이로 인해 바미가 감정 대응을 학습합니다.

새로운 학습으로 바미의 영향력이 급증합니다.

보상:도시 인공지능 바미의 영향력이 증가했습니다. 바미의 영향력
이 내성 분수 광장까지 확장됐습니다. 바미는 보다 양질의 서비스
를 제공할 것입니다.

제, 제길, 이제 와서 무를 수도 없고.

Quest

신사 중에 신사.

당신은 이미 영지를 강적으로부터 지켜내 **'귀부인 앞에서 한 맹세'**를 지켰습니다.

이는 사교계의 귀감이 아닐 수 없습니다.

이 자리에 자리한 수많은 레이디가 레이디 미요를 부러워하고 있습니다. 굉장한 헌신이 아닐 수 없군요.

추가 보상이 주어집니다.

보상

1. 이 헌신적인 선언만으로 레이디 미요의 소각된 스탯이 전부 회복되었습니다.

미요가 내 품에 몸을 날릴 만하군.

2. 새로운 서비스, 유동 포인트가 제공됩니다.

레이디 미요가 있는 곳에선 LEN 포인트가 20포인트 상승합니다.

집중할 테니까 이제 그만 떨어지면 안 될까?

3. 스탯의 일부를 공유할 수 있습니다. 공유 폭은 10%입니다. 레이디 미요의 만족도에 따라 그 정도는 늘어납니다.

예, 레이디 미요의 DEX 스탯 10%를 매서커에게 부여할 수 있습니다. 이는 거리, 시야에 관계없습니다. 서로에게 요청만 하십시오.

"아웅, 어쩜 좋아. 몰라, 몰라."

아예 끈끈하게 접착을 시키는구나.

4. 두 사람의 다정한 모습은 사교계 평판도에 영향을 주었습니다. 평판도의 개입으로 영주 레벨과 레이디 레벨이 상승했습니다.

영주 레벨이 올랐습니다. 영주 레벨은 44레벨입니다.

영주 레벨이 올랐습니다. 영주 레벨은 45레벨입니다.

영주 레벨이 올랐습니다. 영주 레벨은 46레벨입니다.

영주 포인트 300포인트를 획득했습니다.

유보 중인 영주 포인트는 2,200입니다.

폭렙!

미쳤구나… 무려 영주 레벨을 3단계씩이나 상승시키다니.

하나, 나는 이로써 E&T 인공지능의 약점이 무엇인지 완벽하게 캐치했다.

바로 그거다. 인공지능의 감동!

인간의 감정 폭주를 인공지능이 감당할 수 없음이다.

점등 행사에서 혹시나 했는데 이젠 확실해졌다.

고로 뻥을 치려면 이 정도 뻥을 쳐야 한다.

'무화핫―! 인공지능을 감동시킬 정돈 돼야지, 암.'

하나 속에선 후회의 눈물이 샘솟고 있다. 감동에 떠는 미요의 등을 쓰다듬으며 아무것도 아닌 척 머쓱한 표정을 짓고 있지만… 전부 연출이다.

하여간 늘 생각보다 앞선 발칙한 마음이 문제야.

*   *   *

"우리 이클립스 길드의 망명지로 바미안 영지를 택하려 합니다. 동료 여러분, 다 같은 생각이죠?"

"찬성. 영주님이 상당히 로맨틱한 분이네요."

"드문 만장일치! 왠지 샘나게 부럽네요."

어라? 이건 예상치 못한 전개 아닌가.

"자, 그럼, 바미안 남작의 사교계 명사 목록에 우리 이클립스 길드가 제일 첫 번째로 등재되는 건가요?"

나는 급히 미요와 떨어져 그들이 건넨 손을 하나하나 맞잡으며 빠르게 인사를 나누었다. 명색이 작위를 가진 귀족 아니던가.

"험험, 바미안에 오신 걸 환영합니다."

두둥―!

Quest

망명객 수용.

'로이온 자작이 기존 사교계와의 단절을 선언하였습니다.'

세력화 선언 이후 당파의 첫 조력자를 얻었습니다.

이들이 가진 세력은 현재 미약하지만 길드원 간의 유대는 상상을 불

허합니다.

…대단한 정치력입니다.

정치력이 아니라고 사나이 진심이라니까.

영주 레벨이 올랐습니다. 영주 레벨은 4레벨입니다.

영주 포인트 100포인트를 획득했습니다.

유보 중인 영주 포인트는 2,300입니다.

세력화 달성 1/3입니다. 조기 세력화 달성 보너스로 45일간의 기간

거참, 이제 또 무슨 시련을 주려고 이렇게 폭렙을 시키는지.

하나 왠지 이후 행보가 어렵지 않을 것 같다는 예감이 들었다.

안도의 한숨을 속으로 내쉬는데, 사이좋아진 자매(?)가 나란히 등을 돌렸다.

"흥, 이래서 벼락치기 유저는 사교계에 받아들이는 게 아니라니까. 아무튼 당신들만의 사교계를 만들어보세요. 그럼……."

"허, 신참자의 반란이라…… 신선한 경험이네요. 또 볼일 없을 것 같군요. 안녕히."

가든지 말든지, 유보하든지 말든지.

나는 돌아서는 그 둘을 말리려는 미요를 제지했다.

"친구가 필요없는 사람들이야. 적(賊)만 한 친구가 없다는 걸 너무 잘 아는 사람들이거든."

돌아선 작은 등 둘이 바르르 떨었다.

여백작의 비단 부채는 이미 손아귀에서 우그러진 지 오래다.

그러나 약속이라도 한 듯이 뒤돌아 흉내 낼 수 없는 품격 어린 미소를 내게 보냈다.

나 역시 격식있는 인사로써 그 둘을 배웅했다.

가식에는 가식으로.

사라지는 그녀들 뒤를 콧방귀를 핑핑 뿜어내는 추종자들이 따랐다. 그 자신들이 모욕이라도 당한 듯 신경질적인 반응들이다. 골렘 거래건을 상담하고자 미적거리는 인물들도 있었지만 사나운 눈초리가 쏠리자 마지못해 패거리의 뒤를 따라야 했다.

> 사교계 인사 ㅁㅁㅁ가 당신과 절교를 선언했습니다. 바미안 영지에 대한 평가를 유보했습니다.

> …….

> 사교계 인사 xxx가 당신과 절교를 선언했습니다. 바미안 영지에 대한 평가를 유보했습니다.

연회 홀은 나와 미요에게서 등을 돌린 이들이 빠져나가가며 빈 공간이 넓게 만들어갔다.

그렇게 나는 236명을 적으로 돌리고 한 명의 친구를 사귀길 택했다.

…전부 여성 유저로만 이루어진 길드라잖아?! 좋잖아?!

연회장의 빈 공간 사이로 가신단과 악단, 그리고 메이드들의 모습이 들어왔다. 소동을 지켜볼 수밖에 없었던 그들도 맥이 풀려 허탈한 표정들이다. 몇몇은 화를 삭이는 얼굴이다.

이럴 바엔 우리를 왜 불렀냐는 원망 어린 시선도 느껴졌다.

'이들의 시간도 귀중한 시간들인데…….'

이들도 나와 같은 유저들이다. 누구를 위한 들러리가 되고 싶은 사람들이 절대 아니다.

미요를 위해 기꺼이 악단에 지원한 바드들, 자존심을 죽이고 메이드 역할을 기꺼이 수행한 치리의 동료들, 파티를 빛내주기 위해 자리한 진정한 친구들이 있다면 이들이 아닐 수 없다.

맞다, 이제 이 공간엔 진정한 친구들만이 남은 것이다.

그래서… 당신들을 위해 준비했습니다.

나는 악단과 메이드들이 모인 곳으로 걸어갔다.

"여러분, 파티는 아직 끝나지 않았습니다."

"……?"

"여러분이 바미안의 진정한 친구들입니다! 여러분을 위한 바미안의 파티가 이제 시작하려 합니다. 다 함께 이 밤을 즐

갑시다!"

뭘로? 의구심 가득한 눈들이 내게 쏠렸다.

원래는 뒤풀이 성격으로 가신단만으로 조촐하게 하려 했는데 생각을 바꾸었다.

오늘은 신나는 날!

배에 힘을 주었다.

"이제부터 시작입니다. 3, 2, 1… 드랍 잇!!"

콰과아앙, 쿵쿵쿵 ♪ ~ 쿵쿵쿵 ♫ ~

홀 안에서 찢어질 것 같은 굉음이 터져 나왔다. 강렬한 비트가 실린 리듬이 귓전을 때렸고, 심장이 울리는 강한 박자가 규칙적으로 울렸다.

최신 클럽 DJ 댄스 음원, 2천 원 결제하셨습니다. 공공장소 이용 시간은 3시간입니다.

뜨헉, 할인 쿠폰 사용해야 하는데… 에이, 몰라.

다들 홀 안에 울려 퍼지는 음악에 적응을 못해 눈치 보기 바쁘다. 어쩌라는 거지? 라는 의문의 눈길이 쏠렸다.

하긴 음악관 괴리감 넘치는 풍경이지.

턱시도에 메이드 복장. 그나마 봐줄 만한 것은 미요의 어깨가 드러난 치렁한 드레스 차림이지만 그도 어울리지 않기는 마찬가지다.

나는 장내의 칙칙한 환경(?)을 이들이 납득할 수 있는 밝은 환경으로 바꾸기 위해 바미에게 지시를 내렸다.

"바미, 조명은 최대한 어둡게."

"Yes, 마이 로드! 연회 홀의 조명 제어에 들어갑니다."

조명이 어둑해지자 그제야 이게 어디 분위기인지 알아챘는지 함박웃음이 터져 나왔고, 어깨를 조금씩 들썩이기 시작했다.

하나 모두들 제자리. 본격적으로 행동에 나서는 이는 아직 없다. 주변 눈치 보기에 가깝다고나 할까.

쑥스러움의 문제가 아니다.

사람들을 몰입하게 하는 요소 하나가 빠진 것 같은 느낌이다.

알콜? 절대 아니다. 시대가 어떤 시대인데 클러버들이 알콜의 힘을 빌릴까.

그것은 바로 형형색색의 화려한 조명!

오크 없으면 고블린이라 했지만, 중세의 영주관에 화려한 조명을 대신할 장비나 기기는 어디에도 없다.

'행동을 옮기기에는 역부족이란 말이지. 가만… 그렇지!'

가신단 중에 멀뚱히 서 있는 엘레멘탈 지오에 집중했다.

늘 따분해하는 멜퀴의 눈이 반짝반짝 빛나고 있음은 나의 착각?

장난꾸러기 구월의 자매를 호출했다.

"구월의 자매, 친구들을 몽땅 불러줘. 너희들의 특기를 발휘하는 날이야."

귓속에서 공알공알 토라진 불평이 장황하다.

"싫다고? 청소 아니라니까. 신나게 어질고 노는 거야! 특기잖아. 못 믿겠다고? 나참, 오늘 신나게 놀면… 매대 청소를 일주일간 면제시켜 준다니까. 약속!"

말이 끝나기 무섭게,

"꺄악— 청소 면제랴—"

"놀자놀자, 신나게 어지르며 놀자."

"신나게 어지르자."

"음악 죽인다— 어질어질."

손바닥 크기만 한 연푸른색의 투명한 소녀 둘이 나타나더니 어깨 위에서 파딱 거리며 기성을 질러댔다.

옅은 어둠 속에서 이 두 정령체가 뿜어내는 빛은 그 자체로 예술이다.

그렇게 홀 안에 악센트가 생겼다. 하나 이 둘만으로는 아직 아니라는 것이지. 빠르게 재촉했다.

"친구를 초대하라니까. 내 친화력이 모두 소진할 때까지 불러서 놀아보라고. 바람의 축제를 열어도 좋아."

"정말? 후회하기 없기다?"

"좋아, 내 친구들 몽땅 부른다."

"지오의 진을 빼버리자."

"변덕 부리기 전에 빨리 불러들이장~"

"…8월의 열풍, 4월의 새침이, 5월의 훈풍… 1월의 쌩쌩이까지."

"꺄꺄— 축제다, 축제."

수다 중에 퍽퍽퍽—! 홀 천장 위로 형형색색의 발광체가 검은 공간을 작게 가르며 생겨나기 시작했다.

휘이잉— 후우우웅— 사라라라랑.

미풍부터 시작해 서늘한 한기에서 뜨거운 열풍까지 다양한 느낌의 바람이 홀 안에 휘몰아쳤다.

블루, 그린, 오렌지, 레드, 화이트, 옐로우… 바람을 일으키는 발광체는 선명하게 변했다. 바로 손바닥 크기의 사람 형상을 한 반투명한 정령들이었다.

모두 다 깜찍하고 귀여운 것들!

이 작은 정령들은 나타나자마자 내 주위를 한 바퀴 돌아 천장 위로 올라갔다. 이 공간에 머물 수 있게 하는 에너지원이 필요해서다.

> 9월 자매에게 HAA 8포인트를 분배했습니다. 머물 수 있는 시간은 한 시간입니다.
>
> 12월의 삭풍 3형제에게 HAA 36포인트를 분배했습니다. 머물 수 있

는 시간은 한 시간입니다.

…에게 HAA 24포인트를 분배했습니다. 머물 수 있는 시간은 한 시간입니다.

엘레멘탈 지오의 대자연 친화력이 빠르게 빠져나가며 약간의 현기증이 일었다.

'이 한 몸, 파티를 위해 태우리.'

정령의 수호자라는 히든 클래스를 획득한 뒤라 빠져나가는 친화력은 다른 정령사에 비할 바가 아니다.

상급 정령사란 말씀.

아무튼 이 발광체들은 한시도 가만있지를 못했다. 전부 바람의 정령들이기에 멈춤없이, 정신없이 연신 서로에게 장난을 걸며 재잘거렸다.

짓궂게 바닥 아래로 저공비행해 미요의 치마를 들추고 올라가는 녀석까지.

휘이익— 펄럭.

"팬티 공개! 까르르르—"

"어맛! 조걸!!"

잡힐 리가 없지. 바람의 정령들다운 장난기를 발휘했다.

이 장소에서 제일 긴 드레스를 한 미요가 장난꾸러기들의 단일 목표가 아닐 수 없다. 아니면… 누구의 사주를 받왔던가.

미요는 치맛단을 잡고 정령들과 실랑이를 벌이기 바쁘다.

"오늘은 우리 바람의 축제라네―"

"주최자는 바람둥이 지오!"

"야, 신난다."

"우와, 쾅쾅 울리는 진동, 좋은데?"

"지오 오빠! 어떻게 좀 말려줘. 으앙―"

좀 놀아주세요. 말리면 파티는 물 건너가는 겁니다.

발광체의 숫자는 이제 막 기십을 넘어서고 있다.

정령들의 환상적인 유형에 장내엔 활기로 가득 찼다. 사람들의 음악에 취한 움직임이 조금씩 커져 가고 있다. 하나 여전히 제자리를 지키고 있다는 것.

이걸로는 아직 현란한 조명이 완성된 게 아니니까.

'구슬이 서 말이라도 꿰어야 보배.'

"오래 놀고 싶으면 이곳에 모이도록! 정령의 둥지―!"

> 정령의 둥지, 정령의 수호자의 고유 스킬이 발동되었습니다. 대자연 친화력에 상응하는 크기의 정령계 이공간을 소환합니다.

후우우우― 공간이 진동하며 홀 중앙 천장에 구체의 공간 왜곡이 발생했다.

이것은? 정령계 한 부분을 통으로 소환한 것이다.

이 투명한 구체 속으로 정령들이 속속 모여들었다. 따로 명령할 필요가 없다. 그 안엔 그들 고향의 냄새가 진동하니까.

"고향의 향기."

"우와, 놀이터다."

"숨쉬기 좋아~"

"여기서 인간들이 노는 걸 구경하자."

"난 저 누나 찍었어."

"눈이 낮은걸?"

"낮을수록 못 보는 걸 볼 수 있지롱―"

"밝힘이―!"

"그러니까 7월의 바람이징."

정령들이 머물 수 있는 시간이 2시간씩 늘어났습니다.

암, 그래야 Party Night지.

투명한 둥근 구체 속에서 현란한 발광체들로 요동을 쳤다.

인간계에 오래 머물 수 있다는 사실에 즐거움의 야단법석이 따로 없다. 튀어나갔다 들어오기를 반복한다.

그렇게 홀 중앙 천장에 현란한 조명 시설이 완성된 것이다.

요란한 리듬이 홀을 가차없이 때렸고, 형형색색 조명이 가세해 불규칙하게 바닥을 현란하게 휘저었다.

완벽하다.

어느샌가 다가온 멜퀴가 따분한 표정을 날려 버리고 내가 만든 정령 둥지를 유심히 쳐다보았다,

"오라, 발상이 참신한데? 이거 재미있겠어."

저걸 3시간 동안 유지하려면 숨차니까 말 걸지 마세요. 지금은 놀아드릴 수 없습니다.

"…그럼 나도."

어어, 뭘 하려는 겁니까? 설마 놀아주지 않는다고 훼방 놓는 건 아니겠죠?

앗!!

홀 곳곳에 공간의 이지러짐이 생겨나기 시작했다.

말리기에는 늦었다. 충동하면 안 돼!!

구웅, 구웅! 하나, 둘, 셋……

맙소사!

정령 둥지가 6개나 나타난 것이다. 그 둥지 안에는 투명한 정령체들이 그물에 가득 찬 물고기마냥 한가득 담겨 있다.

정령들은 영문을 모르겠다는 표정을 지으며 아래의 인간들을 내려다보았다. 그러다 이내 이 정령 둥지 저 정령 둥지를 오가며 장난 치기에 몰두했다.

바람의 정령들… 정말 속 편한 인공지능들이 아닐 수 없다.

이 때문에 홀은 넘치도록 화려한 빛으로 요동쳤다.

부드러운 바람이 불었다가 뜨거운 바람이 후욱 지나는가 하면, 사나운 칼바람이 치마를 걷어 올리기도 한다.

그렇게 홀 안은 이들이 일으킨 다양한 바람으로 활기가 넘쳐흐르기 시작했다.

모든 이들의 얼굴이 펴지고 밝아졌다. 사교계 인사들이 만들어낸 왜곡된 감정의 벽은 이젠 사라지고 없다.

활기가, 에너지가, 생기가, 즐거움이 홀 안에 가득 채워져 유저들을 웃게 만들었다.

그리고 이 현란한 빛의 바다에 강렬한 리듬이 넘실거렸다.

드디어 완성했다.

클럽!

'데스 로드' 네크로 지오에 집중했다.

수만의 영체들을 불러내 고어틱한 분위기를 연출하려는 게 아니다. 그럼?

네크로 지오로 하여금 메이드들이 모여 있는 곳으로 걸어갔다.

육감적이고 매력적인 메이드 누님들이 몸을 살짝살짝 흔들고 있다. 아직까진 클러빙에 몰입한 상태는 아니다.

그들은 호기심 넘치는 눈으로 나의 행동을 좇았다.

활기로 넘치는 그 틈 속에 의기소침해 있는 치리가 있었다. 다가오는 나를 향한 눈은 외면에 가깝다.

미요와 춘 춤에 대해 어떤 의미를 부여하려는 것일까?

그렇지는 않을 것이다.

미요와 춤춘 건 '매서커'지 치리의 '데스 로드'가 아니니까.

그렇다.

치리가 집중하는 대상은 지오의 매서커가 아니다. 지오의 데스 로드인 것이다.

다 같은 사람 아니냐고?

상대가 다른 사람이라고 생각한다는 게 중요하다.

물론, 뻔뻔한 내 논리가 아니다.

이는 오히려 치리의 주장이다.

가상의 인간관계… 그로 인해 상처받을 필요도 상처 줄 일조차 없다는 것이다.

미요도 그런 면에서 납득하고 있다. 단지 자신에게 집중도가 떨어지면 걷어차고 난리가 날 뿐이지만. 치리의 경우엔… 뜨거운 찻물을 손등에 엎지르는 식으로 대응한다.

이로 인해 매서커와 데스 로드의 동화율은 항시 40%대를 유지하며 긴장을 풀지 못하고 있다.

이 여난(女難)이 나를 단련시키는 데 나름의 도움을 주고 있는 한 단면이다.

…웃을 일이 아니라니까.

매서커 옆엔 미요가, 데스로드 옆엔 치리가, 정령의 수호자 옆엔 멜퀴가.

여기서 주인공 부재 모드가 이삼 일씩 긴 멜퀴는 제외하자.

엄연히 그녀는 나에 대해 관심 자체가 없다.

멜퀴는 지금처럼 황당한 이벤트만 만들어주면 대만족이다.

게다 그녀는 나에 대한 집착이 생길 이유가 전혀 없는 것이, 캐릭 자체가 나를 통해 성장하는 캐릭이 아니니까.

그저 이벤트를 만들어 놀거리, 볼거리만 제공하면 되는 식이기에 열외라 하겠다. 그나마 다행이랄까.

뭐, 아직은 그렇다.

아무튼 그렇기에 치리가 메이드 친구들을 미요의 사교계 데뷔 일에 맞춰 대거 불러 모을 수 있었던 것이다.

그럼 치리의 이 침울함은?

파티에 도움을 주려고 했는데 그 속에 이클립스 길드원들이 숨어들어 있었던 데 대해 꺼려함인가? 그건 아닐 것이다.

그렇다.

자신이 사교계 인사들과의 갈등 사이에서 전혀 도움이 되지 못했다고 생각하고 있음이다.

'…고운 품성.'

바미를 통해 치리가 얼마나 이 파티 준비에 신경 썼는지 보고가 속속 들어왔기에 알 수밖에 없다. 메이드이기 때문이라서가 아니었다. 그녀는 미요까지 미안해할 정도로 정성을 들였다.

미요가 적극적이라면 치리는 말없이 은근하다.

한데 그렇게 준비한 파티가 바람 빠진 풍선이 되고 말았으니, 치리의 성품상 성대한 파티로 마무리되기를 기대했을 것이다.

그렇게 되지 못한 건 다 내 탓임에도 자신의 부족한 점을 생각함이다.

"치리님, 오늘 수고 많았습니다."

"…아뇨, 별로 한 게 없는데요."

기어들어 가는 목소리다.

"그래요? 그럼… 지금부터 수고해 주세요."

"…마이 로드, 분부하실 일이 있으면 말씀하십시오."

치리는 처진 어깨를 곧추세우고 지시를 경청하는 메이드다운 자세를 취했다. 표정은 공손하지만 눈 깊은 곳에 아릿한 서글픔이 엿보인다. 역시 매서커와 미요의 사이에 벌어진 일들을 의식하고 있음이다.

하나 이제부턴 당신 차례입니다.

"지시는… 그러니까… 이제부터 저 좀 데리고 놀아주세요."

"에?!"

"부킹입니다. 뺀.찌. 놓기 없깁니다."

"……."

메이드들 사이에서 킥킥거리는 웃음이 터지며 치리를 내게 떠밀었다. 얼굴이 벌겋게 달아오른 치리는 고개를 푹 숙었다.

그렇게 수줍어하는 치리의 손을 잡고 화려한 조명의 한가운데로 향했다.

미요는 여기저기 달라붙은 정령들을 떼어내지 못해 팔딱거리고 있다. 그 자체로 춤이군.

귀족 성장의 데스 로드와 메이드 복장의 치리. 고지식한 사교계라면 어울리지 않는 한 쌍으로 보일 테지만 지금은 완벽한 클럽이다.

이곳에서 어울리지 않는 복장이 있다면 데스 로드의 귀족 성장이리라.

화려한 조명의 중앙으로 걸어가며 넥타이를 풀고 윗도리를 벗어 던졌다. 간편한 비둘기색 셔츠 차림으로.

"오오옷―!"

"꺄아―!!"

등 뒤로 메이드들의 환호가 뒤따랐다.

현란한 조명이 교대로 우리에게 떨어졌다.

이는 조명 기사, 엘레멘탈 지오의 힘겨운 협찬.

사교계 인사들로 인해 혼탁해진 이 공간을, 세상을 잊기 위한 공간으로 다시 돌리기 위해… Start!!

나의 시작된 광란의 클러빙, 치리의 귀여운 율동, 그리고 환한 웃음.

망가지려면 이렇게 망가지는 거다.

솔선수범이 먹혔는가.

바드들과 메이드들이 홀 중앙으로 우르르르 쏟아져 나왔다.

빼는 친구들은 동료들이 떠밀어서 빛기둥 속으로 밀어붙였다. 그리고 흥겨운 선율에 맞추어 몸들을 흔들어댔다.

정령의 둥지는 음악에 따라 불규칙하게 회전하며 화려한 조명을 이들에게 뿌려댔다. 마구마구.

정령들이 이 둥지 저 둥지로 오가며 빛의 악센트를 더했다.

정령들의 기쁨 가득한 기성이 귀엽게 울리며 분위기를 더더욱 띄웠다. 정령들도 유저들의 동작을 따라 하기 시작했다.

정령의 둥지가 홀과 같이 출렁거렸다.

빛의 파도가 유저들을 덮쳤다.

모두의 얼굴에 즐거움만이 한가득 차며 홀은 열기로 금세 후끈 달아올랐다.

두 곰이 메이드 누님들이 모여 있는 곳에 들이대고 밀려 나오기를 반복하고 있다. 밀려 나오면서도 좋아 죽겠다는 얼굴이다. 나를 보곤 한쪽 눈을 찡긋하며 엄지를 세웠다.

이것이야말로 대중 무도회장이 아닐 수 없다.

한데 이 가운데 자신이 예상하는 그림과 전혀 다른 그림이 펼쳐짐에 절망하는 여인이 있었으니,

"우왕~ 이게 뭐야?! 완전 나이트클럽이 되어버렸잖아!!"

바로 그겁니다, 미요 누님.

이것이야말로 진정한 사교계가 아니겠습니까?

"아냐, 아냐. 이건 아니라고요—!!"

어허, 그러시면서 귀엽게 흔드는 몸짓은 멉니까?

아니나 다를까, 바닥에 닿은 드레스 단을 허벅지 아래로 찢어버리는 것이었으니.

촤아아악—!!

미요의 과감한 행동에 늑대들이 환호성을 지르며 반겼다.

"오오오옷—!!"

미요는 그런 시선을 즐기며 매끈한 다리를 자랑하며 흥겨운 스텝을 밟아나갔다. 하늘하늘, 낭창낭창. 표정은 풍부하게.

그러면서 매서커를 끌고 저만치 사라진다. 치리에게 자리를 양보함이다.

여인 중에 대인배가 있다면 미요이리라.

그리고 여기 클럽의 시선이 모인 사람이 또 하나 있다.

모두에 질 수 없다는 듯 리듬에 맞추어 흔드는 멜퀴의 머리카락은 형형색색으로 발광하며 몽환적인 매력을 사방에 뿌려댔다. 그녀를 중심으로 반경 5미터 안은 빛의 진공상태.

"와아아!!"

"사랑해요!!"

늑대들이 환장을 한다.

…저 누님, 노는 게 장난이 아니다.

이후 장내 호응도 300% Up!

이것이 파티다!
그리고 이것이 우리의 사교계.
이들이 진정한 친구!

*　　　　*　　　　*

세 여인이 화려한 빛과 흥겨운 리듬이 흘러나오는 영주관
을 노려보고 있다.

여백작과 여후작, 그리고 검은 후드가 달린 로브로 얼굴을
가린 여인이다. 모습을 가린 여인의 턱 선이 달빛을 받아 하
얗다.

이를 가는 소리가 모습을 가린 여인에게서 흘러나왔다.

"빠드득, 천박한 놈."

여백작이 이에 고개를 끄덕였다.

"어지간하면 함정에 걸려들 줄 알았는데 말라깽이 계집의
눈치가 여간 영악한 게 아니었어요."

이에 여후작이 허리에 손을 가져가며 말을 받았다.

"하나 사내는 감정을 고스란히 드러내는 게 서민은 서민이
더이다. 후후, 즐길 수 있을 때 즐기라 그러라지요."

두 사람의 말에 후드여인이 입을 열었다.

"아무튼 오늘 두 분 수고하셨어요. 놈이 우쭐한 기분에 멋모르고 이클립스들을 한 아름 품었으니 조만간 결판나겠군요."

여백작과 여후작이 의심심장하게 고개를 끄덕였다.

"호호, 그럼 장미님의 군단이 바미안에 도착할 수 있도록 길만 열어드리는 일만 남았나요?"

"사제단을 움직이는 일은 제게 맡겨주시면 된답니다. 사제단도 바미안 남작에게 맺힌 게 있으니까요. 사방에 적만 만들고 다니는 게, 참 재주가 용한 작자예요."

이야기가 길어지려 하자 후드여인이 손을 들어 말을 중단시켰다.

"두 분이 도와주신 보답은 약속한 대로 확실하게 하겠습니다. 바미안 영지와 쿤두즈는 이제 두 분 것입니다. Part 2로 넘어가면 돈방석에 앉으시는 겁니다. 그리고 놈이 가진 파편 무구 역시 회수하는 대로 두 분에게 양도하겠습니다. 아, 놈이 가진 잉여 골렘도 넘겨 드려야겠죠."

"어련히 알아서 하시겠어요. 아바타르가 보증한 작전이니. 단지, 그날이 빨리 왔으면 싶을 뿐이죠. 호호."

"어서 빨리 장미님이 복귀하길 기다리겠어요."

"감사합니다. 두 분의 성원에 꼭 보답하겠습니다. 복귀하는 날, 복귀 기념 무도회에 껍데기 작위만 남은 놈을 초대할 테니까 기대하셔도 좋습니다."

"어머, 잔인도 하셔라. 그러나 멋진 생각!"

"서민에게 진정한 귀족이 어떤 것인지 톡톡히 알려주는 거예요. 호호."

후드여인이 두 여인과 손을 맞잡았다.

"그럼, 그날을 위해."

"위해!"

"위해!"

서로 손을 맞잡고 선창하는 것으로 그들은 음모를 완성했다.

밖에선 음모의 밤이 무르익어감에도 바미안의 밤은 그저 아름답고 어느 때보다도 즐거울 뿐이었다.

『기갑전기 매서커』 7권에 계속…

PART II WARMAID
캐릭 컨셉화   [워 메이드]

"워 메이드가 되다니…
전장터까지 따라갈 수 있단 말?!
지금부턴 내가 유리해!!"

Rough
Sketch   —Yu Ra Kim

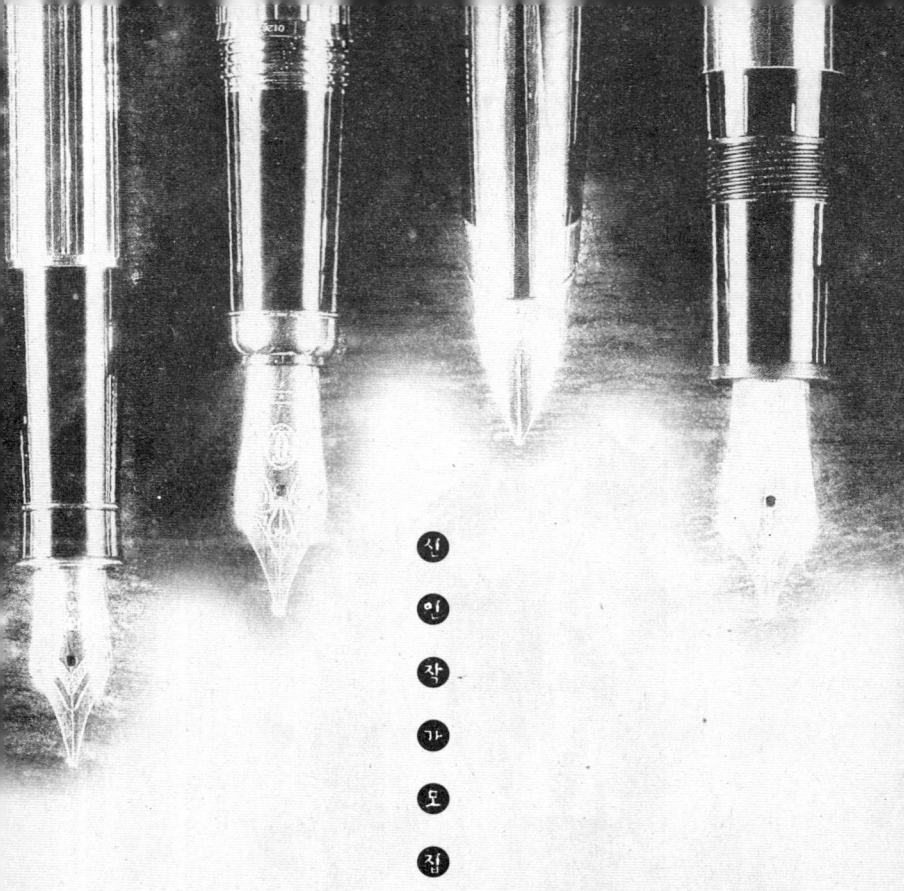

신인작가모집

시작이 반이라고 했습니다.
작가의 길에 대한 보이지 않는 벽을 과감히 깨뜨리십시오!
청어람은 작가 지망생 여러분들의
멋진 방향타가 되어드리겠습니다.

저희 도서출판 청어람에서는
소설 신인 작가분들을 모집합니다.
판타지와 무협을 사랑하시는 분들의 많은 참여를 바랍니다.
소정의 원고(A4용지 150매)를 메일이나 우편으로 보내주시면
검토 후 출판 여부를 알려드리겠습니다.

주소:경기도 부천시 원미구 심곡1동 350-1 남성B/D 3F 우편번호420-011
TEL:032-656-4452 · **FAX**:032-656-4453
http://www.chungeoram.com
e-mail:chungeoram@chungeoram.com

은하의 계곡

무천향
武天鄉

허담 新무협 판타지 소설

뿌리를 찾아가는 목동 파소의 여행.
그 여정의 끝에서
검 든 자들의 고향 대무천향 (大武天鄉)을 만난다.

검객 단보, 그는 노래했다.

…모든 검 든 자들의 고향 무천향.
한초식의 검에 잠든 용이 깨어나고, 또 한초식의 검에 잠든 바다가 일어나네.
검의 흐름을 따라가다 보면 어느새, 세월도 잊어버리고, 사랑도 잊어버리고,
무공도 잊어버려…….
결국에는 자신조차 잊어버리는…….

은하의 가장 밝은 빛이 되어버린다는
그 무성(武星)들의 대지(大地).

아, 대무천향(大武天鄉)이여!

유행이 아닌 자유추구 -
WWW.chungeoram.com
Book Publishing CHUNGEORAM

유랭이 아닌 자유추구 -
WWW.chungeoram.com

Book Publishing CHUNGEORAM

별도 新무협 판타지 소설

살내음 나는 이야기에 여러분은 가슴 졸인 적이 있는가?
남들이 볼까 두려워하며 책을 가리면서 읽었던 구절을 몇 번이나 반복하며
읽은 적이 없는가?

구무협의 향수를 그리워하던 별도가 결국은
〈무협의 르네상스〉를 부르짖으며 직접 자판 앞에 앉았다.

"제가 무협을 쓰기 시작한 이유는 더 이상 읽을 책이 없었기 때문입니다."

모든 일은 4년 전부터 시작되었다.
살인사건을 배경으로 펼쳐지는 음모와 배신, 사랑과 역공작,
그리고 정사!

우리 시대의 이야기꾼, 별도의 새로운 글, 〈낭왕狼王〉!
〈천하무식 유아독존〉, 〈그림자무사〉, 〈검은여우海나狐狸〉에
이은 그의 또 하나의 역작!

화공도담

畫工道談

춘부 新무협 판타지 소설

예(禮)와 법(法)을 익힘에 있어
느리디 느린 둔재(鈍才).
법식(法式)에 얽매이기보다 마음을 다하며,
술(術)을 익히는 데는 느리지만
누구보다 빨리 도(道)에 이를 기재(奇才).

큰 지혜는 도리어 어리석게 보이는 법[大智若愚]!

화폭(畫幅)에 천지간(天地間)의 흐름을 담고
일획(一劃)에 그리움을 다하여라!

형식과 필법을 익히는 데는 둔하나
참다운 아름다움을 그릴 수 있게 된
화공(畫工) 진자명(陳自明)의 강호유람기!

두렵이 아닌 자유추구 -
WWW.chungeoram.com

Book Publishing CHUNGEORAM

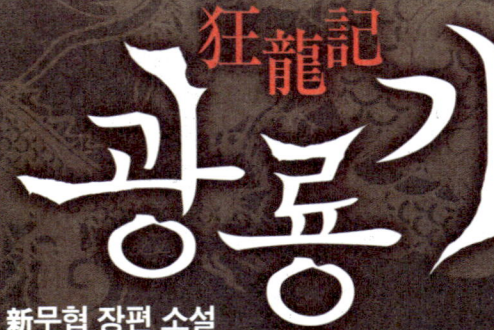

狂龍記
광룡기

장담 **新무협 장편 소설**

미친 바람이 동해에서 불기 시작했다!
둥지를 떠난 광룡(狂龍)이 강호에 나타났다!

내가 가고 싶은 때로 간다.
내가 하고 싶은 때로 한다.
누구도 내 앞을 막지 마라!

한겨울, 마침내 광룡의 전설이 시작되고,
천하가 광룡과 빙심에 뒤집어졌다!

유행이 아닌 자유추구 -
WWW.chungeoram.com

Book Publishing CHUNGEORAM